崇文馆

崇文国学经典普及文库

CHONGWEN GUOXUE JINGDIAN PUJI WENKU

太平广记

（宋）李昉 等著　石鸣 编译

长江出版传媒｜崇文书局

图书在版编目(CIP)数据

太平广记/(宋)李昉等著;石鸣编译.—2版.—武汉:崇文书局,2015.6
(崇文国学经典普及文库)(2016.5重印)
ISBN 978-7-5403-3930-2

Ⅰ.①太… Ⅱ.①李… ②石… Ⅲ.①笔记小说-小说集-中国-北宋 ②《太平广记》-译文 Ⅳ.①I242.1

中国版本图书馆CIP数据核字(2015)第111259号

长江出版传媒 Changjiang Publishing & Media | 崇文书局 Chongwen Publishing House

出品人:潘启胜

※

统　　筹:陈中琼
责任编辑:陈中琼　袁　翔
出版发行:武汉市雄楚大街268号·湖北出版文化城主楼C座11层
营销:027-87393855　传真:027-87679712
印　　刷:湖北新华印务有限公司
开　　本:710×1000　1/16
印　　张:12　　字　　数:132千字
版　　次:2015年6月第2版
印　　次:2016年5月第3次印刷
定　　价:21.80元

总序

现代意义的“国学”概念，是在19世纪西学东渐的背景下，为了保存和弘扬中国优秀传统文化而提出来的。1935年，王缁尘在世界书局出版了《国学讲话》一书，第3页有这样一段说明：“庚子义和团一役以后，西洋势力益膨胀于中国，士人之研究西学者日益众，翻译西书者亦日益多，而哲学、伦理、政治诸说，皆异于旧有之学术。于是概称此种书籍曰‘新学’，而称固有之学术曰‘旧学’矣。另一方面，不屑以旧学之名称我固有之学术，于是有发行杂志，名之曰《国粹学报》，以与西来之学术相抗。‘国粹’之名随之而起。继则有识之士，以为中国固有之学术，未必尽为精粹也，于是将‘保存国粹’之称，改为‘整理国故’，研究此项学术者称为‘国故学’……”从“旧学”到“国故学”，再到“国学”，名称的改变意味着褒贬的不同，反映出身处内忧外患之中的近代诸多有识之士对中国优秀传统文化失落的忧思和希望民族振兴的宏大志愿。

从学术的角度看，国学的文献载体是经、史、子、集。崇文书局的这一套国学经典普及文库，就是从传统的经、史、子、集中精选出来的。属于经部的，如《诗经》《论语》《孟子》《周易》《大学》《中庸》《左传》；属于史部的，如《战国策》《史记》《三国志》《贞观政要》《资治通鉴》；属于子部的，如《道德经》《庄子》《孙子兵法》《鬼谷子》《世说新语》《颜氏家训》《容斋随笔》《本草纲目》《阅微草堂笔记》；属于集部的，如《楚辞》《唐诗三百首》《豪放词》《婉约词》《宋词三百首》《千家诗》《元曲三百首》《随园诗话》。这套书内容丰富，而分量适中。一个希望对中国优秀传统文化有所了解的人，读了这些书，一般说来，犯常识性错误的可能性就很小了。

崇文书局之所以出版这套国学经典普及文库，不只是为了普及国学常识，更重要的目的是，希望有助于国民素质的提高。在国学教育中，有一种倾向需要警惕，即把中国优秀的传统文化“博物馆化”。“博物馆化”是20世纪中叶美国学者列文森在《儒教中国及其现代命运》中提出的一个术语。列文森认为，中国传统文化在很多方面已经被博物馆化了。虽然中国传统的经典依然有人阅读，但这已不属于他们了。“不属于他们”的意思是说，这些东西没有生命力，在社会上没有起到提升我们生活品格的作用。很多人阅读古代经典，就像参观埃及文物一样。考古发掘出来的珍贵文物，和我们的生命没有多大的关系，和我们的生活没有多大关系，这就叫作博物馆化。“博物馆化”的国学经典是没有现实生命力的。要让国学经典恢复生命力，有效的方法是使之成为生活的一部分。崇文书局之所以强调普及，深意在此，期待读者在阅读这些经典时，努力用经典来指导自己的内外生活，努力做一个有高尚的人格境界的人。

国学经典的普及，既是当下国民教育的需要，也是中华民族健康发展的需要。章太炎曾指出，了解本民族文化的过程就是一个接受爱国主义教育的过程："仆以为民族主义如稼穑然，要以史籍所载人物制度、地理风俗之类为之灌溉，则蔚然以兴矣。不然，徒知主义之可贵，而不知民族之可爱，吾恐其渐就萎黄也。"(《答铁铮》)优秀的传统文化中，那些与维护民族的生存、发展和社会进步密切相关的思想、感情，构成了一个民族的核心价值观。我们经常表彰"中国的脊梁"，一个毋庸置疑的事实是，近代以前，"中国的脊梁"都是在传统的国学经典的熏陶下成长起来的。所以，读崇文书局的这一套国学经典普及读本，虽然不必正襟危坐，也不必总是花大块的时间，更不必像备考那样一字一句锱铢必较，但保持一种敬重的心态是完全必要的。

期待读者诸君喜欢这套书，期待读者诸君与这套书成为形影相随的朋友。

陈文新

（教育部长江学者特聘教授，武汉大学杰出教授）

前言

《太平广记》是北宋时期编纂而成的一部文言小说总集。

北宋统一南方后，广泛收罗各国的图书典籍，延揽海内学者名流，给予优厚的待遇，俾修书、史。宋太宗太平兴国年间，李昉、张洎、吕文仲、吴淑等十三人，奉旨将历朝各代的野史稗官编辑成书，书成之后，由宋太宗赐名为《太平广记》。

《太平广记》旁征博引，辑录了上起战国时期，下迄五代末年的各种小说著作达四百七十五种，共有近七千则故事，大体上可分为志怪、杂录、传奇三大类，内容涉及自然科学（如“医”、“算术”、“水族”、“昆虫”等）、文坛掌故（如“文章”、“儒行”、“怜才”、“高逸”等）、艺海趣闻（如“乐”、“书”、“画”等）、佛道故事（如“神仙”、“道术”、“异人”、“释证”、“报应”、“异僧”等）、名人轶事（如“名贤”、“讽谏”、“俊辩”、“幼敏”、“知人”、“廉俭”等）、世故人情（如“交友”、“嘲诮”、“酷暴”等）以及豪侠传奇。因此，《四库全书总目》论及此书时曾说：“古来轶闻琐事、僻籍遗文咸在焉，盖小说家之渊海也。”鲁迅在《中国小说史略》一书中也说它是“小说渊薮”、“稗说之渊海”。

《太平广记》中保存了丰富繁多的珍贵资料，为宋以后的小说和戏剧创作提供了大量的素材,影响可谓深远。

为了帮助广大读者对这部奇书有一个基本的了解,并从中获得裨益和启示，我们从该书中选译了一部分故事情节生动有趣、内容健康向上、知识性较强、艺术水准较高的作品，将其编成一个明白晓畅的白话精选本，奉献给大家。囿于我们的识见和水平,选材与译文中难免有一些不尽人意之处,敬请广大读者指正。

目录

目录

老 子

老子姓李，名重耳，字伯阳，是春秋时期楚国苦县曲仁里人。传说他的母亲有一次看见空中有大流星飞过后，就怀了孕。由于上界的神灵之气出现在李家，所以老子生下后姓了李姓。有人说老子生于开天辟地之前。有人说老子是天的精灵神魄，属于神灵一类。还有人说，老子的母亲怀了他七十二年才剖开左腋生下了他，一出生就白发苍苍，所以才叫老子。又有人说，老子的母亲没有丈夫，他是随母亲而姓的。也有人说，老子的母亲碰巧是在李树下生下了老子，老子一出生就能说话，指着李树说："就用它来作我的姓吧。"也有人说，老子在上三皇时是玄中法师，下三皇时是金阙帝君，伏羲氏时是郁华子，神农氏时是九灵老子，祝融时是广寿子，黄帝时是广成子，颛顼时是赤精子，帝喾时是禄图子，尧时是务成子，舜时是尹寿子，夏禹时是真行子，殷商时是锡则子，周文王时是

文邑先生，另一种说法说是守藏史。还有一种说法，说老子在越国就是范蠡，在齐国是鸱夷子，在吴国是陶朱公。

这些说法在各种书籍中都有记载，但都不是出自神仙经书的正式传记中，没有可靠的依据。晋代的道学大师葛洪说："我认为老子如果真是上天的精灵神人，就会世世代代都出现在人间，放弃他尊贵的身份混迹于凡夫俗子之中，专门从事人间辛劳的工作，背离神界的清明高洁而进入人间的庸俗龌龊，抛弃天界的官位而接受人间的封爵。"自有天地以来就有道术，修炼道术的人从没有间断过。从伏羲以来，到夏、商、周三代，著名的道家世代都有，何止一位老子呢？这都是后来一些学道的人为了推崇老子而夸大其词，编造那些奇闻异说罢了。

实事求是地说，老子是研究道术上成果最突出的一个人，而绝不是什么神仙异类。据《史记》记载："老子的儿子叫李宗，在魏国做过将军，由于有功，被封邑在段。李宗的儿子叫李注，李注的儿子是李宫，李宫的玄孙叫李瑕，在汉朝做过官。李瑕的儿子李解，当过胶西王的太傅，家在齐国。"老子本人十分聪慧机灵，所以有些浅薄的道士想把老子描绘成神仙，好让后代人更加崇拜他、学习他。殊不知这样一来使得普通人认为老子是神仙，根本就学不了。为什么呢？因为说老子生来就是神仙，人们会望而生畏不知从何学起了。

据说老子要出关到西边去，守关的令尹名叫喜，知道老子不是一般人，就向他问道术，老子听了又惊又怪，竟吐出舌头来半天没收回去，从此才有了"老聃"这个称号。其实这个说法不对。据《九变》及《元生十二化经》的记载，老子没进关时已经有了"老聃"这个别称了。老子好几次改名，不只是一个"聃"字而已。他所以改名，是根据《九宫》、《三五经》、《元辰经》上说的，人这一生会有几次命运的坎坷，每到一个“坎儿”的时候，如果能改一下名字，以顺应时运的变化，就可以消灾平安，延年益寿。现在一些有道术的人，也常常这样做。老子在周朝活了三百多年，这么长的时间里，必然会有多次厄运坎坷，所以老子改名次数也就多了。如果想准确地考察老子的生平，还是应该以史书上的记载为主，并参考一些神仙的经传秘文。其他的一些世俗传说大都荒诞，不可相信。

葛洪按《西升中胎》及《复命苞》和《珠韬玉机》、《金篇内经》等典籍上的记载说，老子皮色黄，眉毛很美，额头宽阔，耳朵很长，眼睛很大，牙齿稀疏，四方大口，嘴唇很厚。他的额头有十五道皱纹，额角两端似有日月的形状。他的鼻子很端正，有两根鼻骨，耳朵上有三个孔。他一步可跨一丈，双手上有十道贵人的纹路。周文王时，老子做守藏史，到武王时，他还担任柱下史，人们看他如此长寿，就称他为“老子”。

凡是受命于天的人，必然是通达灵异有远见的人，他的禀赋气质也与平常人不同，这样的人理所当然成为道家的首领，也自然会得到神仙的呵护。老子济助世人的法术有九种丹、八种石，有金酒、金液等仙药；此外，以“玄而又玄，众妙之门”的玄学修养心性，运气炼身，消灾辟邪，清除鬼魅，并有不食五谷、超脱变化之法，有符咒教戒、驱使鬼魅之法。老子的道术共有九百三十卷，符术七十卷，这些都在他的著作中详载，有目录可查。凡不在他著作中的，都是后来的道士们私自增添的，并不是老子本人的著作。老子为人清心寡欲，专心致志于修炼长生之道，所以他在周朝虽然时间很久，但在官位上没有什么升迁，他始终与世无争。他效法自然，修道成仙是很自然的事。孔子曾经去向老子请教礼方面的学问，先派了他的学生子贡拜见。子贡见到老子后，老子对子贡说："你的老师叫孔丘，他如果跟随我三年，然后我才能教他。"孔子见了老子，老子对孔子说："善于经商的人虽然富有但却像什么也不拥有，德高的君子往往像个愚笨的人一样毫不外露。你应该尽快去掉你的骄气和过多的欲望，因为这些东西对你没有一点好处。"有一次老子问孔子读什么书，孔子说在读《周易》，并说圣人都读这本书。老子说："圣人读它可以，你为什么要读它呢？这本书的精髓是什么？"孔子说："精髓是宣扬仁义。"老子说："所谓仁义，是一种惑乱人心的东西，就像夜里咬得人不能睡觉的蚊虫一样，只能给人增加混乱和烦恼。你看，那鸿鹄不用每天洗浴羽毛就自然雪白，乌鸦也不用每天染墨而自然漆黑。天本来就高，地本来就厚，日月本来就放射光芒，星辰本来就排列有序，草木生来就有区别。你如果修道，就顺从自然存在的规律，自然就能得道。宣言那些仁义之类有什么用，那不和敲着鼓去寻找丢失的羊一样可笑吗？你是在破坏自然规律，败坏人的天性啊！"老子又问孔子："你已经得道了吧？"孔子说："我求了二十七年，仍然没有得道啊。"老子说："如果道是一种有形的东西可以拿来献人，那人们会争着拿它献给君王。如果道可以送人，人们就会

拿它送给亲人。如果道可以说得清楚，人们都会把它告诉自己的兄弟。如果道可以传给别人，那人们都会争着传给自己的子女。然而上面说的那些都是不可能的，原因很简单，那就是一个人心里没有正确的对道的认识，那道就绝不会来到他心中的。”孔子说：“我研究《诗经》、《书经》、《周礼》、《周乐》、《易经》、《春秋》，讲说先王治国之道，传达周公、召公成功之路，我以此游说了七十多个国君，但都不采纳我的主张。看来人们是太难说服了！”老子说：“你那‘六艺’全是先王时代的陈旧历史，你说那些又有什么用呢？你现在所修的，也都是陈旧相因的旧东西。‘迹’就是人的鞋子留下的印迹，脚印和脚印，还能有什么不同吗？”孔子从老子那儿回来，三天没有说话。子贡很奇怪地问是怎么了，孔子说：“我如果遇见有人的思想像飞鸟一样放达时，我可以用我似弓箭般准确锐利的论点射住它制服它。如果对方的思想似麋鹿一样奔驰无羁，我可以用猎犬来追逐它，一定能使它被我的论点所制服。如果对方的思想像鱼一样遨游在理论的深渊中，我可以用钓钩来捕捉它。然而如果对方的思想像龙一样，乘云驾雾，遨游于太虚幻境，无影无踪捉摸不定，我就没法追逐和捕捉它。我见到老子，觉得他的思想境界就像遨游在太虚中的龙，使我干张着嘴说不出话，舌头伸出来也缩不回去，弄得我心神不定，不知道他到底是人还是神。”

阳子见到老子，老子对他说：“虎豹由于身上有花纹，猿猴因为过分敏捷，所以才招人射杀。”阳子问老子，君王英明的统治会达到什么程度。老子说：“一位真正英明的君主，应该是他虽有盖世的功劳但老百姓却不知道。他使万物井井有条，而老百姓认为本来就是那样。他德行很高但老百姓并不歌颂他的名字。他在位或不在位都与天下百姓没什么关系。”

老子将要出关西去，打算登昆仑山。守关的令尹喜通过占卜预知会有神人从这里经过，就命人清扫了四十里道路迎接，果然老子来了。老子出行以来，在中原一带没有传授过什么，他知道令尹喜命中注定该得道，就在那里停留下来。有一个叫徐甲的人，从少年时受雇于老子做仆人，老子每天大约应付给他一百钱，一共欠了他七百二十万钱。徐甲见老子出关远行，想尽快讨回自己的工钱又怕讨不回，就求人写了状子告到令尹喜那里。替徐甲写状子的人并不知道徐甲已跟随老子二百多年了，只知道他如果索回老子所欠的工钱就会成为富翁，就答应把女儿嫁给徐甲。徐甲见那女子很美，更加高兴，就把告老子的状子上交给令尹喜。令尹喜看了状子大吃一惊，就去告诉老子。老子对徐甲说："你早就该死了。我当初因为官小家穷，连个替我打杂的人都没有，就雇了你，同时也就把'太玄清生符'给了你，所以你才能一直活到今天。你为什么要告我呢？我曾告诉过你等我到了安息国，自会用黄金还给你，你为什么不能等等呢？"说罢就让徐甲面向地下张开嘴，只见那太玄真符立刻被吐了出来，符上的朱砂字迹还像刚写时一样，而徐甲则顿时变成一具尸骨。令尹喜知道老子是神人，就跪下磕头为徐甲求情，并自愿替老子还债。老子就把那太玄真符又扔给徐甲，徐甲立刻复活了。令尹喜给了徐甲二百万钱打发他走了。令尹喜向老子恭敬地行弟子之礼，老子把长生的秘方授给了令尹喜。令尹喜回去后记了下来，这就是老子著名的《道德经》。令尹喜按照老子的教导去修行，果然也成了仙。汉代的窦太后崇尚老子的著作，孝文帝及窦氏家族人人都必须读老子的书，读后都受益匪浅。所以汉文帝、汉景帝在位时，天下太平兴旺，而窦氏三代也保住了他们的富贵和皇帝的恩宠。太子的老师疏广父子也深深理解老子的道义，知道功成身退的道理，父子二人同一天辞官回家，把他们的财富散给了穷人，以保持高贵的节操。后来的那些隐士们，凡是遵从老子道术的，都是抛弃了世俗的荣华富贵，着力于养身修性，而没有在险恶的乱世遭到颠沛坎坷。

老子的学说和道术深邃渊博，流传很广，这难道不是乾坤所定，值得后代万世向他学习的吗？所以庄周一派的门徒，也都把老子奉为他们的宗师了。

（出《神仙传》）

彭 祖

彭祖姓篯名铿，是远古时代颛顼帝的玄孙，相传到商代末年时，彭祖已经七百六十七岁了。彭祖年少时就喜欢清静，对世上的事物没有兴趣，不追名逐利，不喜欢豪华的车马服饰，而把修身养性看成头等大事。君王听说他的品德高洁，就请他出任大夫的官职。但彭祖常常以有病为借口，不参与公务。

他非常精通滋补身体的方术，常服用"水桂云母粉"、"麋角散"等丹方，所以面容总像少年人那样年轻。然而彭祖的心性十分稳重，从来不说自己修炼得道的事，也不装神弄鬼的惑乱人心。他清净无为，幽然独处，很少到处周游。就是出行，也是一个人独自走，人们不知道他到什么地方去，连他的仆从也不知道他到哪儿去了。彭祖有车马但很少用，出门时常常不带路费和口粮，一走就是几十天甚至几百天，但回来时仍和平常一样非常健康。平时他常常静坐几百天，心守丹田，从早晨一直到中午都端端正正地坐着，用手轻轻揉双眼，轻轻按摩身体各部位，用舌头舐嘴唇吞咽唾液，运上几十次气，然后才收功，起来散步谈笑。如果他偶尔感到身体疲倦或不舒服，就运用闭气的方法来治体内的病患，让胸中所运的气散布到身体各部位，不论是身上九窍、肺腑五脏、手足四肢以至于身上的毛发，都让气逐一走到。这时就会觉得气像云一样在身体中运行，从鼻子、嘴一直通到十指末端，不一会儿通体就觉得十分舒畅了。君王去看望彭祖时，也常常不通知他，偷偷留下些珍宝玩物给他就走了，君王给彭祖的赏赐前后有几万金，彭祖也都接受下来，但立刻就把它们救济了穷苦的人们，自己一点也不留。

还有位叫采女的人，也是从少年时就开始修道，已经二百七十岁了，看起来却只有五六十岁，她也很精通修炼的方术。君王让采女住在嫔妃的掖庭宫中，为她修建了华丽殿阁，赏赐她不少金玉。有一次，君王让采女乘上华贵的马车去看望彭祖，向彭祖求教修行的要点和延年益寿的方法。彭祖说："如果想要升入天堂在仙界做仙官，就要常服金丹。九召、太一都是因为常服金丹才白日升天的。不过这是道术中最高的，人间的君王是做不到的。其次就是要养精蓄神，服用药草，可以长生。但是不能搞那些驱使鬼神、乘风飞行的邪术。如果不懂得阴阳交合之道，即使服药也无用。关于阴阳交合的原理，只能靠自己去推断体会，怎么能说得出来呢？所以我觉得你问得很奇怪。我是遗腹子，三岁时母亲就去世了，遇犬戎之乱，流落到西域有一百多年，加以少枯，死了四十九个妻子，失去了五十四个儿女，数遭忧患，元气折伤，冷热肌肤不泽，荣卫焦枯，恐怕难以长寿。我见闻浅薄，不值得对人宣传。大宛山上有位青精先生，据说活到千岁时，仍然像个童子，每天能走五百里，既能终年不吃东西，也可以一天吃九餐，你应该去问问他。"采女问道：

“那么青精先生是位什么神仙呢？”彭祖说：“他也不过是个得道的人，不是什么仙人。凡是仙人，或者能够纵身入云，没有翅膀而能飞翔，或者能乘着龙驾着云直达天庭；或者能变化成鸟兽翱翔在云中，畅游在江海，飞越穿行于名山大川。还有些神仙以天地之元气为食，或者吃仙药灵芝，或者出入于人世间而凡人看不出他们是神仙；或者隐藏起自己的身形使人看不见。有的脸上长着非凡的骨相，身上有奇异的毛发，孤独自处，不与凡人交往。然而这些仙人虽然有长生不死的寿命，但他们与人情相去甚远，与人世完全隔绝了，就像鸟雀变成蛤蟆，山鸡变成海蜃，已经失去了本身的真实，成为一种怪异的东西，以我愚笨的想法，是不愿意变成那种仙人的。

“修炼道术，就应该吃甘美的食物，穿轻柔华丽的衣服，懂得阴阳相通相变的道理，也完全可以做官，修道的人应该骨骼健壮，面色和体肤十分光泽，虽年老而不衰弱，年岁越大见到的事越多。常年在人间，冷热风湿伤不着，鬼神精怪不敢犯，五种兵器和百种毒虫都不能靠近，对别人的褒贬议论都毫不在乎，这些都是最可贵

的。人生在世本来接受着天地之气，即使不懂得修道的方术，但只要有适当的修养，就可以活到一百二十岁。如果稍微懂点道术，就可活到二百四十岁。再要多懂些道术，就可以活四百八十岁。真正弄通了修炼的原理，就能长生不死了，只是不能成仙而已。延年益寿最根本的一条就是不要使身心受到伤害：要适应冬寒夏热的四季气候变化，使身体永远舒适；对美人女色和悠闲娱乐都要适可而止，不要被贪欲所诱惑，这样你的内心就可以安然洁净；对于做官时的车马仪仗服饰，都知足而不贪求，这就能使你志趣专一；音乐绘画使人赏心悦目，使你的心情能够得到启迪。所有上面这些，都能养身益寿。而不能掌握这些分寸，反而会对自己有所伤害。古代的圣人，担心愚钝的人们不掌握事情的分寸，沉浸在欲河中流连忘返，因而要断绝人欲之源。所以有些非常高洁的雅士们不与妻子同床，其次一些士人们则不和妻子同被。就是吃上一百副药，也不如一个人独自静卧修养。音乐听得过多会使人耳聋，美味吃得过了头反而败坏人的口味。如果对一切都有所节制，适可而止，正确地处理通畅和堵塞的关系，就不但不会减寿，还能够获得好处。这一切都和水、火使用的道理一样，用得过了分，必然要受害。人们常常不理解，如果经脉受到损伤，血气

不足，内脏虚弱，髓脑也不坚实，身体必然要生病。而这病恰恰是因为受了外界的伤害，比如受了天气变化或酒色过度引起了内损，而并不是人自身就会生出病来。思虑过多、用脑过度、过忧过喜、悲哀过度、愤怒气恼、过分企求、阴阳不能协调，这些都能伤人，而男女的房事过度则是最能伤人的。这乍看很奇怪，其实不然。男女相辅相成，和天地相生是同一个道理。所以男女之间的事要讲究以气养神，不能过分而失去协调。天和地按着阴阳交接的规律就可以永无终极，人如果失去交接，和谐就会受到伤害。人如果避开伤害得到阴阳和谐之术，就得到了长生之道。天与地是白天分晚上合，一年有三百六十次交接，天的阳气和地的阴气融合在一起，才使得万物滋生无有穷尽。人如果能符合天道，就能够长存。其次就是吐纳运气的法术，得到这种法术的人，邪气就不能侵害他，这是修炼自身的根本所在。其他像吐纳导引、舍影守形等等的方法有一千七百多条，以及四季睡觉时头应朝哪个方向、经常检讨自己的过错、睡眠和起床的早晚等等方法，都算不上修道的真谛，不过可以教那些初学修道的人入门而已。

"一个人如果能够修身养性，运气炼身，那么万神都会来到他的心中。如果不能很好地调养自身，把身体搞得十分衰弱，那万神也就自然离去，就是再悲伤也不会把神留住。修道的人如果不能找到最根本的道理而去舍本逐末，有得道的人郑重指点还不相信，对那些讲解真正修炼道理的书籍不去认真阅读却说书上讲得浅薄，一见到《太清》、《北神》、《中经》等大部经典就嫌太难懂而不去攻读，这样的人到死也不会有什么收益的，这不是很可悲的事吗？还有的人尽管苦于世间俗事缠身，但又不甘心抛开尘世独自到山中去居住修行。这种人就是教给他修道的方法，他也不会去认真实行，因为他们没有仁人志士的那种真诚心意，以为只要自己关上房门在屋里炼闭气功夫，不想凡俗的事并节制饮食就可以得道了。我的先师曾著过《九都》、《节解》、《指教》、《韬形》、《隐遁》、《无为》、《开明》、《四极》、《九室》等论述道术的经典，共有一万三千条，用以教导那些刚入门学道的人，你可以拿去参照着使用吧。”

采女从彭祖那里得到了这些学道的要点，回去后教给君王，君王试了一下很灵验。殷王得到了彭祖的道术后，一直想秘而不宣，并在国内下了命令说谁要敢传扬彭祖的道术就杀头，还想杀害彭祖以使他的道术失传。彭祖知道后就走掉了，谁也不知他去了哪里。过了七十多年以后，听说有人在流沙国的西部见到了彭祖。殷王并不坚持按彭祖的道术修炼，但也活了三百多岁，气力还像五十岁的人一样强壮。后来由于他得了一个妖艳女子郑氏，骄奢淫逸，终于失去了道行而死。民间流传说凡是传播彭祖道术就被杀，就是指的殷王禁传彭祖道术的事。后来有一位黄山君按照彭祖的道术修炼，已经活了几百岁，面貌仍似少年。彭祖成仙后，人们把他的论述记录下来，就成为《彭祖经》。

（出《神仙传》）

广成子

广成子是古代的一位神仙，相传住在河南临汝西南崆峒山的一个石窟里。黄帝听说后专程去拜访他，黄帝问道：“请问修炼道术的要诀是什么？”广成子对黄帝说：“你所治理的天下，候鸟不到迁徙的季节就飞走，草木还没枯黄就凋落了，我和你这样的人有什么可谈的呢？”黄帝回去后三个月不理朝政，什么事都不干，然后又去见广成子，很恭敬地跪着走到广成子面前，再三叩拜求教修身的方法。广成子回答说：“修道所达到的最高境界就是心中一片空漠，即看不见什么，凝神静修，你的肉体必然就十分洁净，你的心神也会非常清爽。不使你的身体劳顿，不使你的精神分散，你就可以长生。注重内心的修养，排除外界的干扰，知道过多的俗事会败坏你的真性。我能牢牢地专注于养性，永远心境平和清净无为，所以活了一千二百岁，而形体上没有一点衰老的迹象。得到我道术的可以成为君王，失去我道术的只能成为凡俗之辈。我的道将把你引向无穷之门，游于无极的原野，与日月同辉，与天地共存。凡人都将死去，而得我道的人却会长存于天地之间。”

（出《神仙传》）

汉武帝

汉孝武帝刘彻，是汉景帝刘启的儿子。武帝出生前，景帝梦见一只红色的猪从云中降下来，一直进入宫内的崇芳阁。景帝一下子惊醒了。坐车到崇芳阁下，抬头一看，果然空中有一条红色的龙腾云驾雾，把崇芳阁的门窗都笼罩了。宫里的嫔妃们也看见崇芳阁有红霞覆盖。红霞散去后，只见一条红色的龙在宫中的梁栋间盘旋。景帝向一位算卜的姚翁请教，姚翁说："这是吉兆。这个崇芳阁一定会出生一位主宰国家命运的人，他将会平定北方的夷、狄等异族，使国家昌盛，成为刘氏王朝的一位明主。但这位明主也会生出许多奇闻怪事。"景帝就让王夫人搬到崇芳阁住，以顺应姚翁的吉言，并把崇芳阁改为猗兰殿。十多天后，景帝又梦见一位神女双手捧着太阳授给王夫人，王夫人就把太阳吞了下去。王夫人怀胎十四个月才生下武帝。景帝说，我梦见红色的云气化为赤龙，占卜的人说是吉兆，这孩子可取名叫"吉"。武帝三岁时，景帝把他抱在膝上，知道这孩子特别有灵气，就问他是否愿意当皇帝。武帝说："这是由上天安排的，由不得我自己。但我愿意天天在皇宫住着，在父亲面前玩耍，决不会放肆不恭而不尽做儿子的责任。"景帝听了这话，心里更加惊奇，就特别注意对这孩子的培养。过了几天，景帝又把武帝抱到书桌前，问他喜欢读什么书，武帝就开始背诵伏羲以来的一些圣贤著作，包括一些阴阳五行和历代的著名国策论文，背了几万字没遗漏一字。到了七岁，景帝见他聪明过人，就给他改名叫刘彻。

刘彻即位皇帝后，特别喜好修炼道术，经常到全国的名山大川和五岳去祈祷神灵，以求自己能得道成仙。武帝元封元年正月初一，刘彻登上嵩山，在一座道观里，斋戒了七日，祭祀之后就回宫了。到四月戊辰那天，武帝在承华殿中闲坐，东方朔、董仲君陪他闲谈，忽然看见一个美丽的青衣女子，武帝非常奇怪，问她是谁，女子说："我是天上王宫的玉女，叫王子登。西王母派我从昆仑山来看你。听说你毫不看重帝王的基业，一心寻道长生，离开帝王的尊位多次到三山五岳去祈祷神灵。像你这种具有勤奋追求精神的人是值得传授真道的。从今天起，请你不要过问政务，静心斋戒，到七月七日那天，王母会暂时降临来看你的。"武帝赶快离开座位下拜，答应一定照玉女的指示去做，刚拜完，玉女就突然消失了。武帝问东方朔那女子到底是什么人，东方朔说："她就是西王母紫兰宫里的玉女，常常为西王母传达使命，来往于东海中的扶桑和西方的灵州之间。替天上的玄都宫向人间传达使令。西王母过去曾将她许配给北烛仙人，最近又把她召回身边，给了她重要的任命，是一位很有地位的仙官。"

于是武帝就登上专为迎接神仙而建造的台馆，诚心诚意地吃素祈祷，把朝中的政务交给宰相全权处理。到了七月七日，把宫廷内外清扫一新，在大殿上为西王母专设了座位。地上铺了紫色丝罗地毯，燃起了百和熏香，挂起了云锦帏帐，点起了光芒四射的灯烛，摆上了玉门进贡的甜枣，酌好了西域的葡萄酒，还陈设了宫中最上等的瓜果，作为接待天宫神仙的食品。武帝穿上华丽的礼服，恭敬地站在宫廷的玉阶下，并下令宫门以内绝不准任何人偷看，宫廷内外一片庄严肃穆的气氛，恭候着西王母的降临。到深夜二更时分，忽然看见西南天空涌现阵阵的白云，翻转着直奔宫廷而来，越来越近，隐约还听见有箫鼓音乐和人喊马嘶的声音。约有半顿饭的工夫，西王母到了殿前，群仙也像鸟群一样跟着来了。他们有的乘龙骑虎，有的驾着麒麟或白鹤，有的乘着天马或华丽的车子，大约有好几千人，把宫廷映照得光彩耀眼。王母降临后，随从的仙官很快就不见了，只看见王母乘着紫云缭绕的车子，拉车的是背上有九色斑纹的龙。另外还有五十名天仙侍卫在车的周围，这些仙人都身高一丈多，手执彩色的旌节仪杖，身上配着金刚宝印，戴着神仙的高冠，整齐的停在宫殿前。王母被两名侍女搀着走上了大殿，侍女看样子有十六七岁，穿着青缎子衣衫，眼似秋波荡漾，身姿娇美婀娜，真是十足的美人。王母肩上披着黄金织成的大披肩，仪态端庄，光彩照人。衣上系着神仙独用的灵飞大绶带，腰间佩着名为“分景”的宝剑，头上梳的是太华山形的高发髻，戴着神仙专用的“太真晨婴”冠，脚上穿着黑玉上刻有凤纹的鞋。王母看样子三十岁左右，身材高矮适中，容颜秀丽，美貌绝伦，真是位不折不扣的仙人。王母坐在特为她设置的座位上，等武帝跪拜问候安康之后，她就招呼武帝同坐，武帝就面朝南坐下了。王母自己带来了天宫的厨师，这时就送上天厨特制的食品，这些佳肴色香味美，芬芳四溢，还有那些散发着奇异香味的酒，都是人间所没有的，武帝也叫不出这些东西的名字。

宴会进行当中，王母又让侍女更换桌上的果品。不一会儿，侍女端来一个玉盘，盘中盛着七只仙桃，像鸭蛋那么大，圆圆的呈淡青色。侍女把仙桃递给王母，王母拿了四只送给武帝，留下三只自己吃。武帝吃了桃子，觉得味道特别香甜，吃完后嘴里长时间充满香味。武帝把仙桃的桃核都留下来，王母看见后问他留桃核做什么，武帝说打算以后种它。王母说："这仙桃三千年才结一次果，人间的土地太贫瘠，种下了也不会生长。"武帝和王母饮了几巡酒后，王母就让身边的侍女王子登弹奏由八只玉板做的璈，又让侍女董双成吹起了云和笙，让石公子敲起了声震天庭的锣，让许飞琼吹起了动人心弦的竽簧，让婉凌华敲击特制成麟、凤、龟、龙、虎形的石片，让范成君敲击由湘阴山石制成的磬，让段安香奏出天宫中的音律。这些乐器奏出的音乐声震九天，音调清丽动听。王母又让法婴唱起了九天神灵的歌曲，唱完后，王母说："如果要修炼道术，首先要练运气之功，也就是《太仙真经》中所说的'益、易之道'。所谓'益'，就是要有益于养精神，所谓'易'，就是要改变自己的形体。修炼到既能养好精神又能改变形体的程度，就可以成仙。如果达

不到这个程度，就免不了一死。要达到既能‘益’又能‘易’，最根本的一条就是心中要常常想着‘灵宝’。‘灵’就是神灵，‘宝’就是精气。你应该珍惜自己的精气，固守精气，闭气吞咽津液，气就可以化成血，血又化成精，精再化为神，神又化成津液，津液再变成骨。这样循环往复的修炼，就可以使你神气清爽，精力充沛。这样炼下去，一年可以易气，两年可以易血，三年可以易精，四年可以易脉，五年能够易髓，六年可以易骨，七年可以易筋，八年可以易毛发，炼到九年，你的肉身就完全换成仙体了。你达到‘易形’的程度后，就会发生了根本的变化，这变化就使你真正得到了‘道’，得了‘道’也就真正成了神仙。那时你吐出各种气时，嘴里就自然会发出又甜又香的气味。吃灵芝时你要轻轻地吐气再轻轻地吞咽，这样做要随着心愿做得十分自如，灵芝的味道就能常留不消。气，本身就是水，水是什么都可以完成的。水本身是最柔和的东西，它可以养精益神，使人精神通畅。这些都是元始天王在炼丹房对我说的修道秘诀，我现在让为我管理书籍的侍女李庆孙把这些秘诀都写下来送给你，希望你好好地按照秘诀去认真修炼。”

王母说完后，就命令仙客备好龙车，打算回天宫去，这时武帝向王母磕头，再三请求她留下来，王母就暂时留下不走，并派侍女郭密香到上元夫人那里问候求教，让她转告上元夫人说：“我是王九光的母亲，特向您问安。我们已经有四千多年没见面了，由于我事务太忙，所以久违了。现在人间有个叫刘彻的人，爱好修道之术，我刚刚看到他，觉得他还可以，大概能修炼成功。然而刘彻的形体和精神都没有脱出凡俗的污垢，头脑中血液漏失，五脏不洁净，胃肠胀满，骨头中没有津液，脉搏也很浮躁，身体肥肿，精神不振，两眼也没有神采，身体中有‘三尸神’在作怪，黑白颠倒。虽然我对他讲了一些修道的真谛，恐怕他还不一定能成仙。我常到人间停留沾染上不少凡人的污浊，然而我常常思念你，希望能够和你相见，细述别情。我在刘彻这里做客，心里不太痛快。不知上元夫人您能不能屈驾到这里来一趟？如果能来，我就在刘彻的宫中等你。”这时武帝看见侍女郭密香走下殿去立刻就不见了。但不到片刻就回来了，还带来一个仙女，这位仙女是上元夫人的侍女。她向王母叩拜后说：“我家上元夫人问候您，她说和您相隔天河，加上她的公务也忙，累得都有些衰老了。上元夫人让我转告她的话：‘阿环我和你虽然分别将近五千年了，但一直仰慕你的光辉，始终惦念着你。现在你派郭密香到我这里来，她说你现在降临在刘彻的宫中，希望我也能去一趟。我听说后本想立刻到你那儿去，但我现在正被太帝君派到北海中的玄洲去校定天宫的历法。现在我在玄洲暂住，我很快就回去，回去后我就换好衣冠来看你，希望你在刘彻那里稍作停留等一等我。’”武帝这时就问王母：“不知上元夫人是什么神仙？”王母说：“她是三重天宫的上元官，统管着天界的十万玉女。”

不一会儿，上元夫人果然来了。也是先听见云中有箫鼓音乐声，接着是上元夫人一千多名文武侍从，全是女的，十八九岁，容貌秀丽飘逸，大都穿青色衣服，个个光彩照人，真是名副其实的仙女。上元夫人看上去二十多岁，更是艳美绝伦，双目有神，穿着青色袍服，绣着五彩祥云，袍子不是绸子也不是锦缎，不知是什么做的。上元夫人头上挽着三角髻，长长的秀发披散在腰际，头上戴着九云夜光冠，佩戴着在火中烧炼过六次的玉佩，玉佩上垂着凤纹花样的绶带，腰里挂着黄褐色能指挥神灵的宝剑。上元夫人上殿后要向王母叩拜，王母赶快让她免礼，并招呼上元夫人和自己一起坐，上元夫人就面朝北坐下了。上元夫人也带来了厨师，这时摆上了很多山珍美味，和王母摆设的佳肴大致相同。这时王母对武帝说："这位就是真元之母上元夫人，是位极尊贵的神，你应该向她叩拜。"武帝立刻起身向上元夫人叩拜请安，然后又回到自己的座位。这时上元夫人笑着说："凡人来自充满五种恶浊的人世，对贪好酒色、追名逐利习以为常，刘彻贵为天子，在这些方面比普通老百姓更加厉害。然而刘彻能在富丽的宫中认真修炼，想除掉贪婪私欲的根子，愿意清净无为修身养性，这说明他还算是有志气的人。"王母也说："我看刘彻的心很诚。"这时上元夫人问武帝："你果真爱好道术吗？我听说你多次招纳道家术士，到山岳去祭祀，向神灵祷告，向河神祈求，也算很勤奋了。但你这样勤奋却没什么收获，其中是有原因的。你生来就性情暴躁，贪爱女色，铺张浪费，待人冷酷，奸邪自私，这五种私欲使得你精神枯竭，心灵污浊，五脏六腑都不洁净，就是最好的良药也难以治好这些顽症。暴躁会使你心气浮躁，破坏你心神的宁静，使你神思迷乱精气枯竭。淫乱会使你精力消耗过度而灵魂萎顿，奢糜会使你离开道术的纯真而使你魂魄不净，更严重点会使你灵魂消失生命中止。待人冷酷会使你丧失仁义伤害自己，而导致双目不明。贪婪自私会使你用尽心计导致口中没有津液，内心紧张和外界隔绝。上面这五种病症，像刀锯一样天天伤害你的身子，像利斧一样砍杀你的生命，尽管你有志长生，但你若不清除这五种顽症，即使再刻苦努力也是徒劳无功。这次如果能从我们这儿得到一点教益，则可以使你在修道上得到方向而开始入门。如果从此以后你能除掉身上的五种劣根性，待人和善，对下面明察秋毫，以慈心平复民间冤屈，以恩惠救助民间的饥寒，赈济劳苦的百姓，体恤孤寡，真正关怀百姓的疾苦，这也等于你积了阴德。对那些在死亡边缘上苦苦挣扎的人你更要及时救助，孜孜不倦地坚持下去。你要杜绝淫乱，使你的精液不泄露，好好保养精神。要放弃奢侈，一切都要俭朴，经常斋戒，控制饮食，断绝五谷，不吃膻腥的鱼肉，经常敲击天鼓，喝玉液琼浆，在华池里洗澡，常常向天宫叩拜。你照这些去做，自然就会有变化。现在王母以如此尊贵的仙体降临到你这像蟪蛄洞穴的人世宫殿，以她凌霄宫中神仙的身份到你这像狐兔禽鸟般的窝中来，对你谆谆教诲，用她高深玄妙的道术来启发你，你就更应该恭敬地遵从她的教导来克制自己，坚持修炼。这样坚持一百年后，王母一定能够使你得到真谛，会让你进入天界，成为上方的仙官，使你可以自由地遨游于天地之间。相信我吧，好好勉励自己刻苦修炼。如果你不能做到这些，我就没有什么可说的了。”

武帝听了这些教导后，立刻离开座位跪在地上拜谢道：“我生性凶恶顽劣，生长在混乱污浊的人世间，就像面对一面墙似的，想修道也不得其门而入。由于贪生怕死，才敬奉神灵。今天受到你们的点拨教导，这真是上天对我特殊的垂爱啊！虽然我受命当了君主，但在你们面前不过是个区区小臣，我真心渴求长生之道，希望二位大仙能够多多庇护，给我得以成仙入上元天界的机会吧！”上元夫人让武帝回到座位上后，王母对上元夫人说：“你刚才对刘彻的教诲，真是言真意切，使他这样修道尚未入门的人，知道了修炼的真意而心存敬畏。”上元夫人说：“如果刘彻真心想修道，有着极坚定的信念，哪怕用他的身子投入饿虎口中也不会动摇他真心得道成仙的信心，或者说甘心赴汤蹈火也在所不辞。现在他想修道，第一步是先得做到心中保持最纯洁的天性。我刚才用道术的真谛激励他，就是要打消他心中的杂念和疑虑，使他坚定修道的信念。王母您既然也有成全他的意思，何不把解脱肉体的法术教给他呢？”王母说：“刘彻这人想修炼的心愿很久了，但一直没遇到良师指引他。如果打消他修道的愿望，他一定会认为并没有神仙存在。所以我才离开天宫，降临到尘世来接见他，就是为了让他坚定修道的志向，使他对得道成仙的道理不再有疑惑。今天见到他后，我很欣赏他的追求和向往。至于从凡人肉体中解脱出来的法术，我不会吝啬着不给他，我打算三年后赏赐给他半付仙丹，再给他一副药石制的仙药‘石象散’，他服下这些仙丹灵药后，修炼的事再也不会中断了。当前匈奴之乱还没平息，边疆多事不太平，何必让他匆匆忙忙地扔下君王该做的事去深山修道呢？现在要问他修道的志向能实行到什么程度。如果他能先改掉刚才告诫的那五种毛病，那我以后会再来几次的。”说着就轻轻拍着刘彻的肩说：“你如果按上元夫人的指点去修炼，就一定可以得到长生，你能不能勉励自己坚持下去呢？”武帝立刻跪下说：“上元夫人对我的教导，我将刻记在金版上，照着去身体力行，坚持不懈。”

这时武帝又看见王母的书箱里有一卷书，包在紫色的锦袋里，就问道：“这卷书是不是仙界的灵药秘方？我不知道里面有什么要目，能否让我看一看？”王母就把那卷书拿出来说："这是《五岳真形图》，昨日天界中青城的一些神仙曾请求我看看这卷书，今天我打算给他们送过去。这卷书是三重天太上元君的著作，在天界都是绝密的经卷，你这人世中的凡夫俗子怎么可以看呢？我现在给你一卷《灵光生经》，你读后可以使心神通畅收敛凡心。"武帝却下地磕头，再三请求准许他看看那卷《五岳真形图》。王母说："昔日玉帝清虚元年时，三重天的太上道君下到世间，观察天地四方，勘测河流海洋的长短和山岳的高低，立起了天柱使大地稳定，安置了五岳山脉使八方平衡。他还建造了昆陵仙宫让仙人们居住，在蓬莱仙山建了馆舍让得道的真人聚集在一起，把水神安置在极阴河流的源头，安顿太帝住在扶桑国的山丘。于是庙堂的禅室成为修炼的圣地，波凶浪涌的海岛成了仙人们的宫阙。让黄帝炎帝的子孙住在东方的瀛洲，并永远地繁衍下去。给凤麟、聚窟、玄洲等十个仙洲都起了名字。让江河湖海中的水都有规律的流动，兴起的波涛震荡水中的精灵。让神仙玉女们聚居在幽远的高空，尽管不知道他们住的地方叫什么名字，但他们却实实在在地都聚居在那里。三重天太上道君又根据山脉的走势和河流的四射盘旋形状，创造了文字，这种文字是以象形来表达实际存在的事物。这些文字是三重天太上道君在玄台秘密造成的，文字成为神仙们交往的凭据，他们带着文字书写的道符，成为传授道术的宝物。道士们带着这些神符在名山大川云游时，就可以得到众多神仙的接待和尊重。你刘彻虽然还没有得到正道，但你能够几次求访神仙，孜孜不倦地追求道学的真谛，说明你还是有求道的诚心的。现在我就把《五岳真形图》给你，你要怀着恭敬谨慎的诚意来供奉它，像供奉君主和父亲一样。你如果把《五岳真形图》泄露给世间的凡人，那你就会招来大祸。"

上元夫人这时对武帝说："现在王母把她书箱中最珍贵最秘密的经典传授给你，这经典是天界紫台最重要的著作，还赏给你讲解人体中八个气血会合穴位的经书。这《五岳真形图》是天帝亲自审阅过的，可以说是最珍贵的了。你如果不是命中注定得到天神的指点，是绝不可能见到它的。不过你得到这《五岳真形图》，也仅仅只能看到一点修道的妙理而已，但如果没有'五帝六甲左右灵飞之符'，'太阴六丁通真逐灵玉女之箓'，'太阳六戊招神天光策精之书'，'左乙混沌东蒙之文'，'右庚素收摄杀之律'，'壬癸六遁隐地八术'，'丙丁八火九赤班符'，'六辛入金致黄水月华之法'，'六己石精金光藏景化形之方'，'子午卯酉八禀十诀六灵咸仪'，'丑辰未戌地真素诀'，'长生紫书'，'三五顺行'，'寅申巳亥紫度炎光内视中方'这十二件法宝，就不能召集山神朝拜土地，集合万千神灵驱逐百种鬼魅，就不能制服虎豹，驾驭蛟龙。所以说你得到《五岳真形图》，只不过知其一点，对道家的其他深奥的法术你还是不知道。"

这时武帝离开座位伏地磕头说："我刘彻不过是下界一个凡人小民，不懂得道家的真谛，今天能听到二位上仙传授道术，使我能够精心修炼，得以脱离凡世。上元夫人刚才对我说，我最需要得到'五帝六甲六丁六符'等通神的法术。既然蒙圣母给了我启发，这已使我获益匪浅，唯一的愿望是能把真正的修炼法术也传授给我，以满足我对修道如饥似渴的愿望，使已经枯死的树木经受春日阳光的照耀重发枝芽，让焦黄的小草经受雨露的滋润重新生长复苏。这是我真心的愿望和乞求，不敢再啰唆了，希望二位能体恤怜爱我刘彻的一片诚心。"说罢武帝就不断地磕头。这时王母又对上元夫人说："道术的真谛秘诀固然是我们天界最珍贵的，但现在刘彻这样苦苦求索，非要得到不可，我们就破例特别照顾他一次，传给他吧。但‘五帝六甲’的法术可以通达神灵，十分玄妙深邃，不是凡夫俗子可以立即实行的。现在我打算把道术真谛传授给刘彻，请上元夫人您也把可以进入仙界的法术传给他吧。我记得曾和您一同登上北岳恒山，漫游于极北的旷野，到达日光照耀的高山之巅。当时咱们遇见了名列中仙的王子童和王子立。他俩向我们请求传授那部天帝最隐秘的真经。当时我拒绝了。我说天帝三元秘术的经书不允许让中等仙人看。那时夫人您替他俩说情，说王子童想看三元秘经是一片诚心。今天刘彻向我们求真经，也有点和当年王子童的事相像。我这次来见刘彻，原意是要帮助他得到修炼的真谛，所以不吝啬把这一秘诀告诉他。上次见了王子童后，我们传给他‘三元密言’，后来咱俩又到了神仙住的‘朱火丹陵’，吃了灵瓜，味道十分甘美，好像刚过去不久一样，然而已经七千年了。夫人您把那十二部真经告诉刘彻，他一定会遵照经书中的要点去真心修炼达到成仙的程度，何必让他这样一个身为皇帝的人在你面前一再乞求，把头都磕出了血呢？”上元夫人说：“不是我吝惜那十二部真经，是我真没带来。这十二部真经出于天宫里群文真人赤童之手，而且按规定传授时要分男女界限。这十二部真经只能传授给已经得道成仙的人，但刘彻是个凡人，怎么能传授给他呢？”

王母听了上元夫人的话，脸上流露出不平的神色说：“我知道天界禁令很严，不可违犯，但要传道就得传给该传的人，要授道也得授给仙界的真人。可是刚才夫人你已经向你轻视的凡人刘彻讲述了灵魂飞升的要诀，这不已经泄露天机了吗？泄露了天机却不传授，就是向不该知道的人炫耀法术，这比真正传授了法术的罪过也轻不了多少。你就不怕被三官主管神仙告发，问你泄露天机的罪吗？我的《五岳真形图》也是出自太上天皇之手，同样也是上界神仙才可以传授的珍贵秘术，按说也不该传授给凡人刘彻。但我十分赞赏刘彻求道的一片孜孜不倦的诚心，看他多次到三山五岳祭拜上苍，经常斋戒修行以得到神仙的佑护，有坚定的超凡脱俗的志向，却一直没有高明的师傅指点，所以我才特别关怀他的修炼，不吝惜我掌握的方术，传授给他一些修道真谛。上元夫人您掌握着能使他得道的灵方，怎么可以自己把持着不向他传授呢？我向刘彻讲一些真正的道术，并不是一定让他能修炼成仙，而是让他知道要想得道就必须精诚的修行，抛开所有的疑虑和杂念，并可以通过刘彻的修炼来启发人间那些想学道的人们，使更多的凡人知道天地间确实有神仙道术存在，以此使那些不信神道的愚蠢狂妄之人能坚定信念，这才是我的本意。刘彻这个人性情粗暴贪色好淫，心性不纯正，怎么能够修成真正的神仙，凌行于天界遨游于天地之间呢？即使他再刻苦地修炼，顶多能达到不死的程度罢了。修道有一个人人皆知的道理，那就是求长生并不难，懂得修道的真谛才难。懂得修道的真谛也不算难，能够真正按着真谛的规范去修炼才是难的。而修炼也不算最难，最难的是坚持不懈，一直修炼到底。良好的老师只能把方法、规矩告诉徒弟，却不能保证徒弟一定能出息成巧匠。所以，何必对刘彻那么保守，不把真经诀窍传授给他呢？”上元夫人听了王母的话，被说服了。她对王母说："那我就按你的意见办，但我昔日曾蒙倒景君和无常先生二位大仙传授了灵魂飞升的方术，他们给我传授时曾告诫我说，这方术四千年才传授一次，而且只能传授给女子，不能传授给男子，这是太上帝君的禁律，已明白写在昭生符上了。我到现在传授了六十八个女子，没有传授一个男子。我曾见过扶广山的青真小童在太甲中元接受了《六甲灵飞》真经，一共是十二卷，和我被授的十二真经相同。这位青真小童是向我拜师修炼的弟子，他所接受的《六甲灵飞》真经，没听说向任何人传授过。青真小童是个男仙官，现在我派人向他要来传授给刘彻。刚才我先把十二卷真经的篇目告诉了刘彻，也是体谅到他求道的一份真诚，为了使他的志向更加坚定，让他能放开眼界从多方面寻求道术的奥秘，就是把十二卷真经授给他，也应是让男子授给男子，严格按着天界禁律实行。这样可以使刘彻知道只有勤奋才能有所获得，而得到修道的秘经更是万分珍贵的，虽说是我偏狭吝惜泄露上天的机密，但愿管我的司官不要加罚于我。再说，您已经把那珍贵的《五岳真形图》授给了刘彻以坚定他修道的志向，这种做法也是泄露了天机，不能算是很妥当吧？"王母笑着说："那就也恕我无罪好吗？"

这时，上元夫人就命身边的侍女纪离容专程到扶广山去找青真小童，从他那里取来《六甲左右灵飞致神》的方术秘经十二卷，以便授给刘彻。不大功夫，侍女就回来了，手中捧着五色玉作的书箱，箱上刻着凤文。侍女从书箱中拿出十二卷六甲真经对上元夫人说："您的弟子何昌说他刚刚奉命到绛河公干，代替南真七元君查点群龙和猛兽的数目，公事完后还在那传了传道。蒙师母您约我到刘彻家，我真没想到您这样尊贵的天神会下降到臭气污浊的人世来。不知您的身体和饮食起居能过得惯吗？您派您的侍女纪离容对我说，您向我要那十二卷《六甲灵飞左右策精》的秘经，打算传授给刘彻。关于这件事，我给您写了一封信，信中告诉您，刘彻虽然有求道修炼的诚意，但他实在不是一个能修成仙的材料，您把修炼的十二卷秘经传授给像他这样的行尸走肉，是不太妥当的。我经常在天帝的身边，最近看到有不少人上书控告刘彻，说刘彻杀害的鬼魂在山林哭号，不少孤独的冤魂在荒原地里哀泣。刘彻杀害有功之臣的全家，对士兵不但不体恤犒赏反而用刑罚，原野上白骨狼藉，黎民百姓遭到戕害屠杀，刘彻残酷无情，骄奢淫逸。他的这些罪恶已经上达天帝，天地间已充满了对刘彻的怨气，人们控诉喊冤的声音到处都能听见，像刘彻这样的人，是绝不可以成仙得道的，这是天帝的旨意，我也不敢违抗。”

王母听后叹息道：“看来控告刘彻的人不少，但天帝也不必为此把刘彻拒之门外。因为凡是好道慕仙的人，都是下定决心意志坚定的人。他们只要能斋戒净心闭门思过，这就可以减去一个月的罪恶。如果再连续克服自己的缺点，奉祀天神心存道义，坚持一个月的修行，就可以减去一年的罪恶。刘彻求道已经好几年了，斋戒也很勤奋，还多次到名山中祭祀祈祷，希望得到超度解脱人世的烦恼，衡量比较一下，他的功德已经盖过了他的罪过。希望刘彻从今以后更加刻苦修炼道术，一切都按上元夫人的教导去做，绝不能再淫逸暴虐伤害千万黎民百姓，不要再让人间有冤魂苦鬼，也不要再滥用刑罚伤害无辜了！”

这时上元夫人就离座而起，手里捧着装有十二卷秘经的五色玉制书匣，面向武帝念了一首祝辞：“九天浩洞，太上耀灵。神照玄寂，清虚朗明。登虚者妙，守气者生。至念道臻，寂感真诚。役神形辱，安精年荣。授彻灵飞，及此六丁，左右招神，天光策精。可以步虚，可以隐形。长生久视，还白留青。我传有四万之纪，授彻传在四十之龄。违犯泄漏，祸必族倾。反是天真，必沉幽冥。说完，上元夫人把十二卷经书一一讲解，又告诉武帝说：“五帝是方面的天精，你应该尊重。还有按《易经》中六个方位排的六甲神，也要尊重，他们都能使你长生。今天授你的这十二卷经书，是天帝在玄景台赏赐的，你千万要珍视它。”王母接着对刘彻说：“这秘经是三重天太上君的著作，收藏在天宫的紫陵台，存放在灵坛的秘室，装在玉石的封套中，包着蓝茧的锦绸，用紫罗素带扎着，上面还盖着太帝的玉玺大印。接受了这部秘经的人，四十年才能传给另一个人，如果没有可以传授的人选，那就八十年再授给第二个人。得道的四百年才传一次，成仙的四千年才传一次，成为仙中的真人就四万年才传一次，升为太上君的四十万年才传一次。传给不该传的人叫做泄露天道，该传而不传的叫埋没天宝，没有限度的胡传叫轻视天老，接受了秘经而不敬重珍贵的叫侮慢天藻。犯了这泄、蔽、轻、慢四条罪的，将会死在刀斧之下或遭受‘车裂’的酷刑。泄露天道的，会被杀死在野外路旁，受到最残酷的刑罚而尸分裂。犯了埋没掩蔽罪的，下一辈子将被罚变成又瞎又聋的残疾人，最后衰竭而死。罪稍轻一点的也会累及到下世，被抓到天宫拷问用刑。犯了侮慢天藻罪的，将会得到暴死的下场，死后还要落入地狱，将会把疾病留给他的子孙。这些都是传道的禁律，我再次提醒你，千万要谨慎从事啊！”说完王母就把《五岳真形图》授给了刘彻，刘彻再三拜谢接受下来。然后上元夫人就弹起了云林的玉琴，唱了一首《步玄曲》。王母让她的侍女田四非回敬了上元夫人一首歌。唱完后，王母就把自己侍从的姓名，以及穿戴用的东西的名称都一一告诉了武帝，以便武帝能够记录下来。

天色将明时，王母和上元夫人一

起乘车离去，随从的侍卫、车马、龙虎，开路的仪仗和音乐，都和他们来时一样，只见彩云密集，一片芬馨的气味，他们的行列一直往西南空中升去，过了很久才看不见了。武帝从这次亲自见到王母和上元夫人后，更加相信天下真的有神仙存在。

后来武帝把王母授给他的《五真图》、《灵光经》和上元夫人授给他的十二卷《六甲灵飞》真经合在一起编成了一卷，加上那真经的图像，一起装在一个黄金箱子里。经卷装入白玉的封套，用珊瑚作画轴，以紫缎为书套，安放在柏梁台上，每天亲自净身持斋向真经叩拜，焚香打扫，然后就按照真经上的要求去修炼。汉武帝自从得到真经后修行了六年，觉得心胸特别爽朗，格调特别高雅，认为既然王母和上元夫人这样的上界大仙都降临传授，自己一定能得道成仙。武帝有了这种想法，就渐渐放松了对自身品德的约束，又大肆修建宫殿亭台，劳民伤财，并对南方北方的异族夷、狄进行远征讨伐，对投降的俘虏也残酷的活埋屠杀，以致血流成河尸骨如山，黎民百姓怨怒冲天。

到了太初元年十一月乙酉日，天火焚烧了供奉真经的柏梁台，存放在那里的《真形图》、十二卷《灵飞经》和《灵光经》以及武帝自己编撰所得到的经书一共十四卷，连同装经书的匣子一起不见了。这是王母得知武帝不遵从她的教导胡作非为，才让天火烧毁了柏梁台。后来东方朔乘龙飞升而去，当时有不少人看见他乘龙直上西北天际，大家都抬头看了很久，后来空中大雾弥漫，不知东方朔去了什么地方。

到了元狩二年二月，汉武帝得了病，走到陕西周至县的西南，在五柞宫稍作休息。丁卯这天汉武帝驾崩，先在未央宫前殿入殓，三月葬在茂陵。那天晚上，武帝的棺材自己挪动起来，连宫外都听见了好几次棺材挪动的声音，并散出一股特别的香气，封陵后，陵墓周围大雾弥天，陵寝的门柱突然断裂，大雾持续了一个月，汉武帝的陵墓里原来有一个玉箱，一支玉杖，都是西域的康渠王进献的，汉武帝生前很喜欢这两件东西，所以随葬在他陵墓中。过了四年，有人在陕西扶风的街市上买到了那玉箱和玉杖。当时侍奉在汉武帝身边的人有的认得这两件东西是武帝生前珍爱的玩物，就把这事报告了官府。官府把买了那两件宝物的人抓来审问，买者说他是个商人，从关外来，住在街市上。有一天，看见一个人在北车胡同里卖这两件东西，要价是青布三十匹加九万钱，于是两个人成交，商人也不知道卖箱子和玉杖人的姓名，事实就是这样，官府问清后，就把那商人放了，并把两件宝物送到宫廷的太庙保存。

汉武帝的遗书里说，有各种经书三十多卷，都是他平时喜欢读的，要求死后把这些经书随葬在陵墓中。到元康二年，有个河东功曹李友，有一次进上党的抱犊山采药，偶然在一个岩洞里发现了武帝随葬的那些经书，经书装在一个金箱里，经卷的后面题写着东观大臣们的姓名，看上面记载的年、月、日，是汉武帝时的事。河东太守张纯把这只装经卷的金箱交给汉宣帝，宣帝问过去在武帝身边的大臣是否认识金箱，有一个典书中郎冉登看见金箱和经书后，哭着向宣帝奏道："这金箱是武帝随葬的东西啊！我当时亲手把它放在棺木里，不知什么原因它竟会跑到抱犊山的岩洞里去了呢？"宣帝听后，又惊愕又悲伤，把经书送到武帝的庙里保存起来。

按照道家的《九都龙真经》中的说法，凡是成仙得道中最下等的人，必须先死，然后被送到太阴那里烧炼尸体后从地狱之门超度出来，肉身化解消失，灵魂就能飞升。汉武帝先前随葬的玉杖和经卷忽然在世间出现，而且在街上被买卖，经书在山中岩洞被存放，这些事自然是上天神灵的旨意，不然的话，谁能做出这些事呢？

（出《汉武帝内传》）

张道陵

张道陵是沛国人，原是太学中的书生，精通《诗》、《书》、《礼》、《易》、《春秋》这五经。晚年时他感叹说："精通《五经》对延年益寿没有一点用处啊！"就开始热心研究长生之道。他得到了黄帝的"九鼎炼丹秘方"，就想照着秘方实验炼丹。但炼丹的药石非常费钱，张道陵家非常穷，要想致富没门路，种田放牧又不是他的专长，于是干脆就不干了。他听说四川人性情淳朴，容易接受教育点化，而且四川名山很多，就带着弟子去了四川大足县，进了鹄鸣山，写了二十四篇论述道术的文章，都是他苦苦思索修炼真谛的体会。有一天，忽然有神仙从天而降，他们成千上万，或乘车骑马，或驾龙骑虎，数都数不过来。神仙中有的自称是柱下史，有的自称是东海小童。仙人们把太上老君新出的《正一明威秘箓》和《正一法文》传授给张道陵。

张道陵从这两部经卷中得到了治病的仙方。于是百姓们都聚在他身边求他治病，拜他为师，弟子上万。于是张道陵在弟子中设立了"祭酒"的官职，管理弟子们，像政府的长官一样。他还叫弟子们按照需要轮流交纳米粮、器具、纸笔、柴草等东西，派人修整道路，不参加修路的懒惰弟子，张道陵就让他们生病。县里本来就有很多桥梁道路需要修复，但一直无人过问，现在张道陵一号召，百姓们争先恐后地清除道上的野草，清挖堵塞的河道。有些愚昧的人不知道这些是张道陵授意干的，还以为是上天的旨意。

张道陵还想唤起人们的廉耻心，以此来管理众人，他不愿意动用刑罚，就立了一条制度：凡是有疾病的人，都要把自己有生以来犯过的罪过写在纸上，然后扔到水里，向天神发誓以后永不再犯，再犯就必死。于是百姓们都记住不能再犯罪，如果犯了就会生病。让生病的百姓把自己的罪过都交代出来，一是为了使病痊愈，二是为了使人产生羞愧心，不敢再重犯，因惧怕天地神灵而改过自新。从张道陵实行了这个办法后，凡是犯过罪的，都改恶从善了。张道陵也因此得到了很多的财物，用这些买来炼丹的草药和石料，终于把丹炼成了。丹炼成后，张道陵只服了半副，因为他不愿升天，这时他已能用分身术把自己分成几十个人了。张道陵的门前有个水池，他常乘船在水中游玩，而他的道友和宾客多挤满了庭院和街巷。他就分出一个自己和宾客谈话应酬，而他的真身还在池中船上游玩。

张道陵给人治病，大多是采用黑白阴阳相生相克的原理，根据具体病情对药方进行灵活运用，但总的还是和仙人传授的药方相一致。他常对人们说："你们大都贪恋尘世的欢乐，所以不能超脱凡俗，所以更需要用我的炼气养精的方法来控制引导男女的房事，再配合着服食草木，就可以活到

几百岁了。”

张道陵有一个重要的秘方，只传授给了王长一个人。有一天，他说应该有个从东方来的人，这人也应该得到秘方。这人应该在正月初七的中午到张道陵这儿来，张道陵事先就说了这人的面貌身材。到了正月初七的中午，果然来了个叫赵升的人，是从东方来的，虽然从未相见过，然而他的形象身材和张道陵事先说的完全一样。张道陵就对赵升考验了七次，七次都通过后，才把丹经传授给赵升。

第一次对赵升的考验是赵升来到张道陵的门口以后，门人不给通报，并辱骂赵升，骂了四十多天，赵升在门外就露宿了四十多天，张道陵才让他进门。第二次考验是让赵升在田里看守庄稼驱赶野兽，到了晚上，张道陵派了个美丽异常的女子去见赵升。那女子假装是走远路的旅客，要求在赵升这儿过夜，并和赵升同床挨着睡，第二天那美女又假装脚痛赖着不走，赵升只好留她住了几天。那女子经常挑逗勾引赵升，但赵升始终行为端正不受诱惑。第三次考验，赵升在路上走时，让他突然看见路上扔着三十块金子，赵升动也不动金子继续走路。第四次考验，让赵升进山砍柴，让三只老虎来撕扯赵升的衣服，但不伤他的身体，赵升一点也没有害怕，脸不变色心不跳，还对老虎说：“我是个学道的人，从少年时就没做过坏事，所以不远千里来拜师学道，求长生不老术，你们这是要干什么呢？莫非是山神派你们来考验我的吗？”三只老虎呆了片刻就离去了。第五次考验，让赵升在街上买了十几匹绢绸，付完钱以后，老板却诬蔑赵升说他没有付钱，赵升就脱下自己的衣服卖掉，用钱买来绢绸还给老板，一点也没有生气怨恨。第六次考验是让赵升看守粮仓，让一个人去向赵升磕头讨吃的。这人破衣烂衫，面目肮脏，全身生满了脓疮又腥又臭。赵升看见后十分可怜他，甚至流下眼泪。他脱下自己的衣服给那人穿，用自己的粮食为那人做了饭，那人临走时，赵升又把自己的粮食送了一些让那人带在路上吃。第七次考验，张道陵带着弟子们登上悬崖绝壁，下面的石缝间长着一棵桃树，有人的胳膊那么粗，桃树下就是万丈深渊，桃树上结着很大的桃子。张道陵对弟子说："谁能摘下那些桃子，我就把修道的秘诀传授给他。"这时有三百来个弟子都趴在崖边看那桃树，个个吓得双腿颤栗汗流浃背，不敢长时间看那桃树，最后都吓得退了回去，都不敢去摘那些桃子。只有赵升说："有神灵保佑，有什么危险呢？何况还有我的仙师在这里，他能眼看着我摔死在山谷里吗？既然是仙师让我摘桃子，说明这桃子一定能够摘到的。"说罢，赵升纵身一跳，落在桃树上，身子都没有打晃，摘下一大抱桃子。然而石壁像墙那么陡峭，无法攀登着回到崖上。于是赵升就在下面把摘到的桃子一个一个地扔上去。一共二百零二个桃子。张道陵把桃子分给弟子们一人一个，自己吃了一个，给赵升留了一个等他上来。大家亲眼看见张道陵的手臂突然加长了两三丈伸到桃树上去拉赵升，赵升一下子就上来了。张道陵把刚才留的桃子给了赵升，赵升吃了后，张道陵就站在悬崖边上笑着说："赵升因为心术端正，才能跳到桃树上连身子都不晃，我也想跳下去，一定能摘个最大的桃子。"弟子们都劝张道陵不要跳，只有王长和赵升不说话。张道陵往下一跳，却没有落到桃树上，不知落到什么地方去了。四面都是崇山峻岭，山顶高入云天，往下看是没有底的深谷，连道路都没有。弟子们这时都吓得哭了起来，只有赵升和王长没有哭，两人议论道："老师就像我们的父亲一样，现在他跳进了万丈深谷，我们这样活着也于心不安啊！"说罢两个人一起跳下悬崖，没想到正好落在张道陵的面前。只见张道陵盘腿坐在一个很小的床上的斗帐中，他见到赵升和王长，就笑着说："我知道你俩会来的。"接着就向他俩传授修道的秘诀。

三天后，他们三人一同回到家中，弟子们看见后，又惊又喜。后来，张道陵和赵升、王长三个人都是大白天成仙飞升入云，弟子们都仰着头看，只见他们渐渐飞入云中不见了。

最初张道陵进入四川大足县鹄鸣山炼成了仙丹后，只吃了半副，虽然没有升天，但已成为地上的神仙。他不急着升天，就是为了对赵升作七次考验以便超度他，从这件事也看出张道陵是先知赵升修道的志向是端正坚定的。

（出《神仙传》）

嵇　康

嵇康有一次在灯下弹琴。忽然有个妖怪进屋，高一丈多，穿黑衣服，腰扎皮带。嵇康盯着妖怪看了一会儿，一口吹灭了灯说："和你这样的妖怪同在灯光下，我真感到羞耻！"

还有一次，他出门远行，走到离洛阳几十里的地方，住在月华亭里。有人告诉他，这里过去常有人被杀，嵇康为人潇洒豁达，一点也不怕。一更时他在亭中弹琴，弹了好几首曲子，琴声悠扬动听。忽听到空中有人叫好。嵇康边弹边问："你是谁呀？"回答说："我是一个古代幽灵，死在这里，我以前爱好弹琴，听你的琴弹得清新悠扬，所以来欣赏。我生前没得到妥善的安葬，形象损毁了，不便现形和你见面。然而我十分喜欢你的琴艺，如果我现形，你不要害怕讨厌，你再弹几支曲子吧。”嵇康就又为鬼魂弹琴，鬼魂就合着琴声打拍子。嵇康说：“夜已深了，你怎么还不现形见我，你的形象再可怕我也不会在意的。”鬼魂就现形了，用手捂着自己的头说：“听你弹琴，我感到心情舒畅，仿佛又复活了。”于是就和嵇康谈论琴艺方面的理论，谈得很有道理，并向嵇康要过琴来，自己弹了一首著名的古曲《广陵散》。嵇康要求鬼魂把这首曲子教给他，鬼魂就教了。嵇康过去曾学过，但学得远不如鬼魂弹得好。鬼魂教完后，让嵇康发誓决不再教给别人。天亮时鬼魂告别说：“虽然我们只交往了一夜，但友情可以胜过千年啊！现在我们永远分别了。”两个人心里都十分悲伤。

（出《灵鬼志》）

蓝采和

蓝采和不知是什么地方的人，他经常穿着一件破旧的蓝色衣

衫，腰带上有六块黑色的木质装饰物，腰带有三寸多宽。他一只脚穿着靴子，另一只脚光着走路。夏天，他就在单衣里塞上棉絮；冬天，他就卧在雪地上，呼出的气像蒸出的汽一样。他经常在城里唱着歌乞讨，拿着一副三尺多长的大拍板。常常是醉着唱歌。老老少少都跟在他后边看，他机智敏捷，善于说些诙谐有趣的话。别人问他什么，他应声就答，逗得人们捧腹大笑。他似狂非狂，走路则踢踏着靴子唱踏歌："踏歌蓝采和，世界能几何？红颜一春树，流年一掷梭。古人混混去不返，今人纷纷来更多。朝骑鸾凤到碧落，暮见苍田生白波。长景明晖在空际，金银宫阙高嵯峨。"歌词极多，大体都是看破红尘的仙意，人们不能明白它的意思。只要有人给他钱，他就用长绳穿起来，拖在地上走路，有时拖丢了，他也不回头看；有时候看到穷人，他就把钱和酒送给人家。他周游天下，有的人从儿童时直到老了都见过他，见他脸色容貌始终一样。后来他在濠梁间的一家酒楼上踏歌，趁着醉意，有云鹤笙箫的声音传来，他忽然轻轻抬身到云中去，把靴子、衣衫、腰带、拍板全扔下来，冉冉地升飘而去。

（出《续神仙传》）

左　慈

左慈字元放，是庐江人。他精通五经，也懂得占卜星术，他从星象中预测出汉朝的气数将尽，国运衰落，天下将要大乱，就感叹地说："在这乱世中，官位高的更难保自身，钱财多的更容易死。所以世间的荣华富贵绝不能贪啊！"于是左慈开始学道，对"奇门遁甲”也很精通，能够驱使鬼神，坐着变出美味佳肴。他在天柱山精修苦炼道术，在一个石洞中得到一部《九丹金液经》，学会了使自己变化万端的方术，法术很多记也记不过来。

三国时魏国的曹操听说后，把左慈召了去，关在一个石屋里，派人监视，一年没给他饭吃，过了一年才把他放出来，见他仍是原来的模样。曹操认为世上的人没有不吃饭的道理，左慈竟能一年不吃饭，一定是妖邪的旁门左道，非要杀掉他。曹操刚起了杀左慈的念头，左慈就知道了，他就向曹操请求放他一条生路，让他回家。曹操说：“为什么如此急着走呢？”左慈说：“你要杀我，所以我请求你放我走。”曹操说：“哪里哪里，我怎么会杀你呢，既然你有高洁的志向，我就不强留你了。”曹操为左慈设宴饯行，左慈说：“我就要远行了，请求和你分杯酒喝。”曹操同意了。当时天气很冷，酒正在火上热着，左慈拔下头上的道簪搅和酒，片刻道簪都溶在了酒中，就像磨墨时墨溶入水中一样。一开始，曹操见左慈要求喝“分杯酒”，以为是自己先喝半杯然后再给左慈喝自己剩下的半杯，没想到左慈先用道簪把自己的酒杯划了一下，酒杯就分成了两半，两半中都有酒，相隔着好几寸。左慈先喝了一半，把另一半给了曹操。曹操不太高兴，没有马上喝，左慈就向曹操要过来自己都喝了。喝完把杯子往房梁上一扔，杯子在房梁上悬空摇动，像一只鸟将向地上俯冲前的姿势，要落又不落，宴席上的客人都抬头看那酒杯，好半天杯子才落下来，但左慈也不见了。一打听，说左慈已回到了自己的居处。这一来曹操更想杀掉左慈了，想试试左慈能不能逃过这一死。曹操下令逮捕左慈，左慈钻进羊群中，追捕他的人分不清，就查羊的原数，果然多出了一只，知道左慈变成了羊。追捕的人就传达曹操的意思，说曹操只是想见见左慈，请左慈不要害怕。这时有一只大羊走上前跪着说:“你们看看我是不是呢?”追捕的人互相说:“这只跪着的羊一定是左慈了。”就想把这羊抓走。但这时所有的羊都跪着说:“你们看看我是不是呢?”这样一来追捕的人真弄不清哪只羊是左慈了,不知如何是好。

后来有知道左慈去向的人向曹操告密,曹操又派人去抓,一抓就抓到了。其实并不是左慈不能隐遁逃脱,是他故意让曹操见识一下他的变化之术。于是左慈让抓他的人绑上投进监狱。典狱官打算拷问左慈,却发现屋里有个左慈,屋外有个左慈,不知哪一个是真左慈。曹操知道后更加怀恨,就命令把左慈绑到刑场杀掉。左慈却突然在刑场上消失了。曹操命令紧闭城门大肆搜捕。有些搜捕者说不认识左慈,官员就告诉说左慈一只眼是瞎的,穿着青色葛布衣,扎着葛布头巾,见到这样的人就抓。不一会儿,全城的人都变成了瞎一只眼穿青葛布衣扎葛巾的人,谁也无法分辨哪个是左慈。曹操就下令扩大搜捕的范围,只要抓住就杀掉。后来有人见到了左慈,就杀了献给曹操,曹操大喜,尸体运到一看,竟是一捆茅草,再到杀左慈的地方找尸体,已经不见了。

后来有人说在荆州看见了左慈,当时荆州刺史刘表也认为左慈是个惑乱人心的妖道,打算将他抓住杀掉。刘表带兵马出来炫耀,左慈知道刘表是想看看他有什么道术,就慢慢走到刘表面前说:“我有些微薄礼物想犒劳你的军队。”刘表说:“你这个道士孤身一人,我的人马这么多,你能犒劳得过来吗?”左慈又重说了一遍,刘表就派人去看是什么礼物,见只有一斗酒和一小扎肉干,但十个人抬也没抬动。左慈就自己把肉干拿来,把肉一片片削落在地上,请一百个人拿酒和肉干分发给士兵,每个士兵三杯酒一片肉干,肉干吃起来和平常的味道一样,一万多士兵都吃饱喝足,但酒器中的酒一点也没少，肉干也没吃光，刘表的一千多宾客也都喝得大醉。刘表大吃一惊，打消了杀左慈的念头。几天后，左慈离开刘表走了。

他到了东吴的丹徒县，听说丹徒有个有道术的人叫徐堕，就去登门拜访。徐堕门前有六七个宾客，还停着六七辆牛车。宾客骗左慈说徐堕不在家。左慈知道宾客骗他，就告辞走了。左慈走后，宾客们就看见牛车在杨树梢上走。还有牛车轮子中心的圆孔里长出了一尺长的荆棘，砍都砍不断，推车又推不动。宾客们大惊失色，急忙跑去报告徐堕，说有一个瞎了一只眼的老头来访，我们见他是个凡俗之辈，就骗他说主人不在，老头走后，牛和车就发生了这种怪事，不知是怎么回事。徐堕一听说："啊呀，这是左慈公来拜访我，你们怎么能骗他呢！快追，也许能把他追回来。"于是宾客们分头去追，追上左慈后都向他磕头谢罪。左慈消了气，就让宾客们回去，他们回去一看，牛和车都恢复了原样。

左慈拜见了吴国君主孙策，孙策也想杀左慈。孙策有一次想从后面给他一刀，左慈穿着木鞋拿着竹杖慢慢地走，孙策在后面手持兵器追赶却总也追不上，这才知道左慈有道术，不敢再杀他。后来左慈告诉葛仙公说他要进霍山炼九转丹，后来终于成仙而去。

（出《神仙传》）

董仲君

汉武帝宠幸李夫人。在李夫人死后，汉武帝想要见到她，就下诏把董仲君找来，告诉他说："我想念李氏，还可以见到她吗？"仲君说："可以从远处看，而不可在同一帷席上。"汉武帝说："见一面就满足了。请你把她招来。"仲君说："黑河的北面，有个暗海之都，那里出产一种隐含花纹的石头。那种石头颜色是青的，质地轻得像羽毛，严寒时石头就温热，酷暑时石头就寒冷。用它雕刻成人像，神态和言语跟真的人没有差别。让这石像前去，夫人就来了。这种石头能够传递翻译人的语言，有声音没有气息，所以知道它神奇啊。"汉武帝说："这种石头能得到吗？"仲君说："希望您给我一百艘楼船，一千个大力士。"汉武帝满足这些条件，选派能浮水能上树的人，董仲君都让他们掌握道术，带着不死之药，这才到达了昏暗的海上。经过十年后回来时，从前去的那些人，有的升天不归，有的托形假死，能够返还的仅有四五人，最终找到这种石头。董仲君就令工匠依照先前画的图样，刻成李夫人的形象。不久，石像刻成了，放到轻纱帷幕之中，容貌像李夫人活着的时候一样。汉武帝非常高兴，问仲君说："我能离她近点吗？"仲君说："譬如在半夜时忽然做个梦，而在白天能与梦中人亲近吗？这种石头有毒，只适宜在远处望，不可靠近啊。您不要轻视自己的万乘之尊，被这个精魅所迷惑。”汉武帝就听从了他的劝谏。汉武帝见完李夫人，董仲君就派人把这个石人捣为九段，使汉武帝不再思念梦境，汉武帝就修筑了梦灵台，按时祭祀她。

（出王子年《拾遗记》）

李泌

李泌，字长源，赵郡中山人。他上六辈的祖父李弼，是唐朝的太师。他的父亲李承休，是唐朝吴房县的县令。李承休娶汝南周氏为妻。当初，周氏还小，有一位从泗水来名叫僧伽的怪和尚见了她感到奇怪，并且说：“这女孩儿以后将嫁给姓李的，能生三个儿子，那个最小的千万不要给他穿紫色衣服。这个孩子由金印紫绶起家，做帝王的老师。”等到周氏怀了李泌之后，怀胎三年，才生下来。李泌生下来头发就长到眼眉。在这以前，周氏每次生孩子，必定一连多日困乏疲惫，只有这次生李泌没有毛病，因此他的小名叫“顺”。

李泌从小就聪敏，书只看一遍就必定能背下来。他六七岁就学习写文章。开元十六年，唐玄宗在御楼上大设酒宴，晚上在楼下放了一个高高的座位，叫来三教九流登台讲演论辩。李泌姑母的儿子员俶那年九岁，偷偷求母亲准备了儒生的衣服，趁夜登上高座，词辩非常犀利，演讲的人都理屈词穷。唐玄宗认为他不一般，把他召入楼中，问清他的姓名之后便说：“原来是半千岁的孙子，应该如此。”于是唐玄宗就问宫外还有没有像他这样的神童，他回答说:“我舅舅的儿子李顺,今年七岁,能赋诗,非常聪明。”唐玄宗问清李顺家的住处,派宦官偷偷等候在门外,把他抱进宫来,警告说不要让他家人知道。唐玄宗正在和张说下围棋。宦官抱着李泌来到,员俶和刘宴都在皇帝身边。等到唐玄宗见到李泌,对张说说:“后来的这个小孩跟前边那个绝对不一样,从他的仪表相貌看,可真是国家的栋梁之材啊!”张说说:“确实是这样。”于是唐玄宗就让张说试一下他作诗的程度如何。张说让他咏方、圆、动、静。李泌说:“请告诉我各是什么样子。”张说说:“方就是棋盘,圆就像棋子,动就像棋活了,静就像棋死了。”张说因为李泌年幼,就教他说:“只能按意思虚作,不能再实说出‘棋’字来。”李泌说:“随意作就太容易了。”唐玄宗笑道:“这孩子的聪明才智大于他的实际年龄。”李泌就说道:“方就像行义,圆就像用智,动就像逞才,静就像遂意。”张说于是向唐玄宗祝贺说:“这是太平盛世的祥瑞之事啊!”唐玄宗非常高兴,把李泌抱在怀里,摸着他的头,让人拿果品给他吃。于是就把他送到忠王院,两个月以后才让他回家,还送给他衣物和几十匹彩丝织品,并且告诉他家人说:“孩子太小,怕有害于孩子,所以没封他官。应该好好看待他,这是国家的栋梁之材。”从此,张说把李泌请到自己家里,让儿子张均、张珀和他在一起,就像师友那样,孩子们相处得非常亲近。

张九龄、贺知章、张庭珪、韦虚心等人,一见了李泌也都非常喜欢器重他。贺知章曾经说:“这小子目如秋水,将来一定能做卿相。”张说说:“昨天皇上想封他官,我说不行。这是爱护他,等他成器罢了。”

当初他是儿童的时候,身体很轻,能在屏风上站立,能在熏笼上行走。一个有道术的人说:“这孩子十五岁一定会大白天升天做神仙。”父母保护他、喜爱他,亲族喜欢他。听说他将升天做神仙,都觉得是一件灾难，于是互相约定，如果有一天空中真出现奇异的香味和音乐声，李泌的近亲，一定要迎上去大骂一顿。到了李泌十五岁那年的八月十五日，果然有笙歌在室内响起，时时有彩云挂在院子里的树上。李泌的亲朋就一齐捣蒜泥，捣了几大桶，等到异音和奇香来到，暗中让人登上屋顶，用大勺子扬洒蒜泥泼向那异音和奇香的来处，音乐和香味就散去。从此就不再来了。

两年以后，李泌赋《长歌行》一首，说道："天覆吾，地载吾，天地生吾有意无？不然绝粒升天衢，不然鸣珂游帝都。焉能不贵复不去，空作昂藏一丈夫。一丈夫兮一丈夫，平生志气是良图。请君看取百年事，业就扁舟泛五湖。"诗写成之后，传抄的人没有不称赞的。只有张九龄见了之后警告他说："过早有了好名声，一定会带来损失，你应该自己注意隐藏才能，这才能尽善尽美。把本领隐藏起来，是古人很重视的，何况你还是个小孩子呢！你只应该作诗赞赏风景，咏叹古贤，不要自己表现自己才好。"李泌感动得流泪。后来再写的文章，不再言及自己。张九龄尤其喜欢李泌有心计，说他前途不可估量。他还曾经用忠直的言语规劝过张九龄，张九龄很感激他，于是就称他是"小友"。张九龄出任荆州的时候，把他请到郡里住了一年多。

他在东都学习的时候，游历了衡山和嵩山，遇见了神仙桓真人、羡门子、安期先生的降临。羽毛制成的车帘和旌旗，流动的云朵和神奇的光彩，照耀着山谷，天将亮的时候才散去。神仙们还教给他通过服用药物而长生成仙的道术，并且警告说："太上有命令，因为国家有危险，朝廷多难，你应该以文武之道辅佐皇帝，让你的功德遍及天下民众，然后就可以得道成仙了。"从此，他经常只呼吸不吃粮食，修习黄老谷神的旨要。等到他回到京城，宁王把他迎接到王府，玉真公主叫他弟弟，对他格外敬重。他平时赋的诗，一定会被王公们配上乐章传播。父亲死了，他为父亲守孝，因为不吃食物他骨瘦如柴。他守孝期满就脱了孝服，又去嵩山、华山、终南山游历，根本不顾名声和利禄。天宝十年，唐玄宗把他寻访到召入宫中，他献上了《明堂九鼎议》，并制作了皇唐圣祚文，经常讲道谈经。唐肃宗是太子的时候，皇上诏令李泌和太子及王子们为布衣之交，被杨国忠嫉恨，以他所作的《感遇》诗是诽谤时政为名设计陷害他，皇上诏令把他安置在蕲春郡。天宝十二年，他母亲周氏死了，他回到家里，太子和王子们都派人去吊祭。不久安禄山攻破潼关，玄宗和肃宗分道出走，李泌曾经偷偷地作诗，有匡复国家的意思。虢王李巨是河洛节度使，他派人在嵩山少室找到李泌，赶上肃宗派人送来的诏令，李巨备车马将李泌送到灵武。唐肃宗迎到卧室内，向他询问行止动静，和他共同商讨大计。于是收复了两都。李泌与皇上，睡觉则床对床，出门则马头并着马头。代宗时，封李泌为广平王，任天下兵马元帅，并且授给他侍谋军国天下兵马元帅府行军长史的头衔，让他决定军事，把他安置在宫中。崔圆、房琯从蜀地回来，传达玄宗意册立肃宗当皇帝，玄宗并把手诏、衣服、马、枕、被等东西赐给李泌。李泌确实立了大功，但觉察到宠臣李辅国嫉妒他的才能，觉得将要对己不利，就上表请求到衡山游历。皇上优先下诏批准了，给他三品官的俸禄。他在山里居住了好几年。一天夜里，他被贼寇加害，把他扔到深谷中。但他被枯叶垫着，没受一点伤。等到天亮，他就攀援别的路径走出来了。

当初，肃宗在灵武的时候，曾经担忧李、郭等将军，他们都已经是三公宰相，尊崇敬重到了极点，担心收复失地之后再没有什么高官可以奖赏他们了。李泌回答说："以前的朝代，用封爵来表扬有功的人，用封官来任用有能的人。从尧舜到夏商周三代，都是这样做的。如果收复失地，可以赏给他们土地，也不过二三百户的一个小州，难道这还不能控制吗？”肃宗说：“很好。”于是李泌说：“至于我所希望的，就和别人不一样。”肃宗说：“为什么呢？”李泌说：“我不吃粮食没有家，对禄位和土地都没有欲望。我为陛下运筹帷幄，收复京城以后，只要能枕在天子的膝上睡一觉，让钦天监来奏报客星侵犯帝座，能动一动天上星宿就满足了。”肃宗大笑。等到皇帝向南进入扶风，每次停顿，皇帝一定让李泌率领部队先出发。由李泌清理行宫，收拾管理钥匙，奏报之后，肃宗才到。走到保定郡，李泌稍有懈怠，事先在院子里睡着了，肃宗来到，走进院子，不让人惊动李泌。皇帝上床，把李泌的头捧到自己膝上。好长时间李泌才醒。皇上说：“天子的膝你已经枕了，攻克敌营收复失地的日子在什么时候？可以缩短时间酬报我。”李泌急忙起来谢恩。肃宗按着他，不让他起来。于是李泌回答说：“这次行动，在我看来，凭借着九庙的神灵，乘着陛下的威严，应该像这个郡的名称，一定是保定了。”到达扶风之后，十天之中，西域河陇的军队都会齐了，在江淮一带征调的人马物品也都送到了，肃宗很高兴。另外，肃宗曾经在一个夜晚，

叫来颍王等三个弟弟，一同在地毯上进食。因为李泌经常不吃粮食，肃宗亲自烧了两个梨送给他。当时颍王依仗皇上对他好，硬要吃那梨，肃宗不给，说："你吃了一肚子肉，李先生不吃粮食，为什么争这点东西？"颍王说："我们试一试皇上的心，为什么偏向他？不然，我们三个共吃一个梨也行。"肃宗也不答应，另外让人拿来别的果品送给他们。三个弟弟又说："我们因为那梨是皇上亲自烧的所以才要，别的果品有什么用？"接着又说："李先生受到如此恩宠，请允许我们联句，作为以后的故事。"颍王说："先生年几许，颜色似童儿。"其次信王说："夜抱九仙骨，朝披一品衣。"再次益王说："不食千钟粟，唯餐两颗梨。"然后三个王子请皇上完成此诗。肃宗便说："天生此间气，助我化无为。"李泌站起来致谢。肃宗又不让，说："你住在山上，隐居在幽林之中，不参与人间的事；你住在宫内，秘密地谋划救国大计，把握神妙的机宜，你是镇守社稷的人。"

李泌受到的恩宠非常显著，所以元载、李辅国等人嫉妒他就像仇恨敌人。唐代宗即位之后，对李泌也经常有赏赐，宫中派出的宦官在通向李泌家的道上，交错纷繁地往来，另外称他为"天柱峰中岳先生"，赐给他朝见天子的玉简。然后又把他征入翰林院。元载上奏，贬谪他为朝散大夫检校秘书少监，做江西观察判官。元载被处死之后，李泌又被调回京城。后来他又受到常衮的嫉妒，任楚州刺史，还没有出发，改作丰朗二州的团练使，兼任御史中丞。后来他又调任杭州刺史。

他无论到哪里为官，治政都很清明。兴元初年，调他回京到天子身旁任左散骑常侍，不久又被任命为陕府长史，充任陕虢防御使。陈、许的三千名戍卒从京西逃回，逃到陕州界，李泌在险要处埋伏军队，把他们全都打败。他又开设了三门峡十八里陆地运输路线，使征运官粮的船只不再有碰上礁石的忧患，极大地利于官粮运输到京城。兴元二年六月，他被任命为中书侍郎平章事，加封崇文馆大学士，编修国史，封为邺侯。当时顺宗住在春宫，皇妃萧氏的母亲部国公主和外官交往，皇上怀疑她有不轨的企图，受她株连被罢官的有好几个人。皇太子也受到危机，十分害怕。李泌经过一番周旋，向皇上陈述利害，皇上才打消了废太子的念头。

李泌具有正直的作风。兴元五年春天，德宗把二月一日定为中和节。李泌上奏现在有关官署献上一本农书，并且献来优良的穜稑的种子。王公和皇帝外戚聚居的地方，人们都换上了春装，士人和百姓就互相问候。李泌又制作了中和酒，祭祀勾芒神，用来祈求全年的丰收。这种祭神的活动至今还流传。李泌旷达机敏善辩，喜欢正大的言论。自从他在宫中做官，多次遭到权臣的排挤，他总是凭着自己的智慧免遭灾祸。他终于因为言论古今至理，感悟了圣主，得到了相位。这年三月他死了，皇上追封他太子太傅的称号。这个月有个叫林远的宫中使者，在蓝关旅舍中遇见了李泌。李泌独自骑马，穿着平常的衣服，说暂时去衡山。他向林远述说自己辅佐四代帝王所得到的重遇，惨惨地呆了许久才别去。林远走了很远的路回到长安，才听说他已经死了。德宗听说之后，尤其感到悲伤和惊奇。德宗说："李泌先生自己说，他得以辅佐四个皇帝然后再登天做神仙。这话应验了。"

李泌在青年时，自从父母相继去世，再也没有去求取功名的愿望，所以他服真气，修道术，周游名山大川。他到南岳张先生那里，被张先生收为弟子。德宗追封张先生为玄和先生。又和明瓒禅师交往。写作了《明心论》，明瓒禅师，佛教信徒都叫他懒残！李泌曾在衡岳寺读书，对明瓒禅师的作为感到惊异，说："这不是个一般的人。"他听明瓒禅师夜半念经，响彻山林。李泌很懂得音乐，能辨别声音的喜庆和悲哀。他认为明瓒禅师读经的音调是先悲怆而后喜悦，一定是个从天宫谪贬下界的人，到时候就会离去的。等到半夜，他偷偷地去拜见明瓒禅师，懒残让他坐下，从火里拨出烧熟的山芋给他吃。懒残对李泌说："千万不要多说，你将做十年宰相。"李泌参拜后便退出来。天宝八年，他在表哥郑叔则家里，已经多年不吃粮食，身体很轻，能站在屏风上，拉动手指用气，可以吹灭烛火。每次做引导运气，骨节都有珊珊的响声，当时人们说他的骨头是锁子骨。他在郑家的时候，忽然有两天不省人事了。等他醒来，自己说，看见自己的身体从头顶跳出有二三寸，旁边有一位仙人，挥着手，转动着眼睛，好像在帮助他，又像在鼓励他。等到脚也升到头顶时，忽然想到，我还有大事未了，还有家庭房闺的留恋，希望他把这些事办完。这时在身边又出现一个人，长得高大，穿戴像帝王，前面有个妇人，向他跪拜行礼，像帝王的这个人责备说，李泌情缘未断，就想接他升天，还劳烦了灵仙。跪着的妇人说，要是这样，还是让他给皇帝做事吧。然后我就醒过来了。两年后，李泌果然被唐玄宗征入宫中。李泌

还住在郑家时,曾经有八个容颜服饰很奇特的隐士到郑家来过,几次说他们自已仙术齐备,没有办不到的事。他们临走的时候叹道:“你的俗缘还没有了断,可惜你的心志和骨相了!”李泌要和他们一块去,他们说不行。姑且给他一个做完宰相的时间罢。那八个人一出门就不见了。于是李泌作了《八公诗》记叙这件事。又有一位隐士,带来一个六七岁的小男孩,对他说:“我有事要到南方去,或十来天或一个月就能回来。因为这男孩有痢疾,既然咱们是同道,我想把他寄放在你这里。”隐士又留下一个匣子,说:“如果病治不好,希望你用这个匣子把他埋葬了吧。”李泌答应之后,隐士才问那男孩:“你留在这里能行吗?”男孩说:“能行。”于是隐士就走了。李泌找药给男孩治病,始终没治好,八九天之后男孩就死了。于是他就把男孩的尸体装在匣子里,埋在院子里的蔷薇花架下。一个月过去了,那位隐士到底没回来。李泌把匣子挖出来打开一看,里边有一颗黑石,天生的方形,上面有刀刻的字:“神真炼形年未足,化为我子功相续。丞相瘗之刻玄玉,仙路何长死何促。”

李泌常常访问隐士和神奇之人,采一些形状奇怪的树干和蟠曲的树枝,带回自己的居处,管这叫做“养和”。人们至今还效仿他做的这种事情。当时他就写了一篇《养和篇》,献给了唐肃宗。

李泌离开朝廷三四年之后,二位皇帝先后死去,代宗即位,就又下诏把李泌调到京中,让他住在蓬莱殿延喜阁。从给事以上的官职及镇守一方的官员的任免,代宗一定要与他商量。军队和国家的大事,也都让李泌参加决断。由于说到建宁王在灵武立的功劳,李泌为他请求加封为太子,代宗感叹悼念了好久,说:“我弟弟的功劳,不是先生你为他请功,世人是不会知道的,哪里仅仅加封为太子呢?”于是代宗下令在彭原迎丧,赐封号为“承天皇帝”,把他葬在齐陵。灵柩拉到城门的时候，有人来奏报说，拉灵柩的车不动了，代宗在蓬莱院对李泌说：“我弟弟好像要见你，你应该赶快去祭奠祷告一番，并且说明我的旨意。而且，我弟弟立过大功，追封了大号，这时候人们还不知道，你可以做一篇文章，以便于永远流传，用来慰藉亡灵。”李泌说：“出殡的柩车已经出发，别的文章来不及作，作一首挽歌词可以吗？”代宗说：“可以。”于是他就在代宗面前作了挽歌词，词意很悲怆，代宗读了便哭了，立即派宫里人骑马送给唱挽歌的人。李泌赶到，宣布代宗让他来祭奠，唱了这两章挽歌，于是灵柩车快速如风地走动了。京里人见了，没有不感动得落泪的。当时的情形是这样的：建宁王李倓，有艰难时刻制定决策的功劳。他是代宗的弟弟，有的人在肃宗面前说他的坏话，说他有夺兄长皇位的念头，于是就遇害了。等到肃宗发现李倓无罪，李泌担心再殃及各王，就进言说：“以前高宗有八个儿子，皇祖睿宗最年幼，是武后生的，自己排行，所以皇祖排为第四。老大是孝敬皇帝，监理国事，仁义圣明，被武后猜忌而毒死。老二是雍王李贤，他被立为太子，中宗和睿宗常常不安，朝夕担心害怕，尽管是在父母之前，也不敢直说，就作了《黄台摘瓜词》，让乐府的歌手唱，想要略微感悟父母的主意，希望天皇天后能听到。那歌是：‘种瓜黄台下，瓜熟子离离。一摘使瓜好，再摘令瓜稀。三摘犹尚可，四摘抱蔓归。’然而太子终究也被流放废弃了，死在黔州。建宁的事，已经是‘一摘’了，千万不要再摘。”肃宗说：“先生忠于宗庙社稷，为我的家事操心，你的话都可以作为国家的借鉴，你一刻也不该离开我！”

当时唐玄宗有命令，只能在剑南这个地方来供养，不谈北回京都的事。李泌请求肃宗给玄宗上表章请他回东宫，然后作了《功臣表》记述马嵬坡和灵武的事，请太上皇回京。起初，肃宗的表章送到，玄宗犹豫不决，等到《功臣表》送到，就非常高兴地说："我这才能做天子的父亲。"玄宗下令定下起程的日期，而且说："一定是李泌的主意。"肃宗把李泌找来，边哭泣边高兴地说："太上皇已经下令回京，这全都是你的作用啊！"

另外，天宝末年，员外郎窦庭芝分管洛邑。窦庭芝曾经对会占卜的葫芦生很敬重。葫芦生常常谈论吉凶，没有说不准的。一天早晨，葫芦生来到窦家门前，一个劲地慨叹。窦庭芝问他叹息什么，老半天他才说："你家要有大祸！"窦家全家啼哭，问他有什么解救的办法。葫芦生说："如果不能遇上中黄君，只要能见到鬼谷子，也就可以没有祸患了。"葫芦生就详细地描述鬼谷子的形貌和服饰，还警告他必须在十天内找到。于是窦庭芝和兄弟及奴仆们，不分昼夜地求访，几乎找遍了洛邑。当时李泌住在河清，因为探亲访友，骑着骡子到洛邑去，走到中桥，遇到京城长官的车马而回避，他骑的骡子忽然惊跑了，直接跑到了窦庭芝家里。李泌和仆人一起到窦家门前，窦家车马罗列将要出门，忽然看到李泌，都惊愕地退了回去。不一会儿有人上前说："我分管窦员外的外院，你丢失的骡子收在马棚里，请客人进来坐坐，主人应该是希望见到您的。"李泌不得已来到厅中。窦庭芝出来之后，站在阶下参拜，接待得非常殷勤。于是住了两宿。窦庭芝的妻子儿女全都以家人的礼节拜见李泌。李泌住了几天告别要走，窦家赠送的礼物非常丰厚，只是说："在这遭遇大祸的时候，我把一家的安危托付给您了。"当时李泌住在河清，使者往返不断。窦庭芝当初和李泌相逢，葫芦生正好在他家。葫芦生说："既然遇到这个人，就不用再担心了。"等到朱泚叛乱，窦庭芝正在陕西任廉察使。皇帝到了奉天，于是窦庭芝就在贼兵的院子里自首了。

皇帝拨乱反正之后，德宗首先下令杀窦庭芝。当时李泌从南岳调回皇帝所在的地方，就做了宰相。李泌排列了犯罪僚属的罪状，就请求皇上不要杀窦庭芝。德宗心里很不理解，说：“你是因为他是宁王的亲戚才替他求情的吗？宁王娶窦庭芝的妹妹为王妃。因为这个原因为他求情，更不可以。那莫非还有别的原因保全他的性命吗？你只管说出来！”于是李泌详细地把以前的事讲给皇上听，因此，特别原谅了窦庭芝的罪。李泌刚奏明的时候，皇上秘密派中使骑快马到陕西去问，窦庭芝把那件事笔录下来报给皇帝。德宗对李泌说：“葫芦生说的中黄君，大概是我吧？不知叫你鬼谷子是为什么？”有人说，李泌祖先的坟地在河清谷前的鬼谷，恐怕是因为这才这样称呼他。

兴元四年二月，德宗对李泌说：“我即位以来，宰相都需要我无原则地原谅宽容，不能和他们争辩道理。自从任用了你，才让我的心情开朗，这是天把你交给我的。即使管夷吾那样的俊才，傅说那样的好宰相，怎么能比得上你呢？”李泌的军事谋略和为相的业绩，就像国史记载的那样。事迹的始终都记在《邺侯传》中。李泌有文集二十卷流传在世上。

（出《邺侯外传》）

唐玄宗

唐肃宗做太子的时候，经常陪着玄宗吃饭。有一次御膳房准备了熟肉。其中有熟羊腿，皇帝让肃宗把羊腿分割开来，肃宗便将羊腿割开，然后他用饼将手上沾满的羊油擦下去，皇帝看了不高兴，肃宗擦完手将饼吃了，皇帝非常满意，对肃宗说：“幸福的生活应当珍惜。”

（出《柳氏史》）

郭子仪

郭子仪做中书令。观军容使鱼朝恩请他一起游章敬寺，郭子仪答应。宰相考虑到郭子仪和鱼朝恩之间有矛盾，让部下劝告郭子仪。希望他不要去。郭子仪的部属也跑到他那里去，说鱼朝恩将对他不利。并且把这话告诉了将领们，请他们劝阻。不一会儿，鱼朝恩派人来请郭子仪。郭子仪刚要走，部下三百人全副武装要求同他一起去，以便保卫。子仪生气地说：“我是国家大臣，他如果没有天子的密诏，怎么敢害我？如果是天子的命令，你们更不能胡来。”说完，只带十几个仆人走了。鱼朝恩正等待郭子仪，见他轻车简从，非常惊讶，说：“你怎么带这么几个人？”郭子仪把他听到的流言告诉鱼朝恩，并说：“我才不费心思去想那些无端的事。”鱼朝恩捶胸顿足，流涕呜咽，说：“正因为你是一个长者，才这样相信我。”

郭子仪有很大的功劳，常常为这个担心。宦官中的当权人物嫉恨他的功劳，暗中差人到华州去挖了他的祖坟，盗了坟中的祭品。郭子仪的部将李怀光等人非常气愤，准备搜查物证，按物抓人。郭子仪入朝，面对皇上，流泪长哭，自称有罪。向皇帝奏说：“我指挥部队，外出征伐，动不动就成年地打仗。害了人家的兄长，杀了人家的父亲，这情况是很多的。他们的兄弟妻子想给我捅刀子的人也是很多的。今天我受到的污辱，正是由于他们的无辜。但是，我有报效国家的热心，即使死了也是无悔。”由是，当时中外的人都猜不透郭子仪这个人。

他的儿子郭弘广在长安亲仁里建造府第，里巷中的小贩子或者士人们，出入不受干扰。有人说：郭子仪的夫人王氏和他的爱女，正在对镜梳头时，往往就有出镇的将领来辞行；有时也有属员来请示。郭子仪不但不要她们回避，而且还要她们亲自给倒茶水或拿擦脸巾，视她们与普通人甚至仆人一样。过后，他的孩子们给他提意见，郭子仪再三不做答。于是，他们流着泪说：“大人功业已经成就，即使自己不拿架子，也不能以贵为贱。不管是什么人连卧室都可以出入，这怎么行？我们想，即使伊尹、霍光那样的人，也不会这样做。”郭子仪笑着对他们说：“你们都没想明白。咱们家吃官粮的马就有五百匹、吃官饭的上千人。现在进没地方走，退没地方守。假如筑起高墙，壁垒森严，内外不通，一旦有人诬告，说我有造反的心，再有贪功嫉贤的人加以佐证，咱们全家就会被搓成粉末。那时候，咬肚脐子后悔都来不及。现在咱们院落板荡荡，四门大开着，小人们即使怎样地向皇帝进谗，用什么来加罪于我？我们为的是这个啊。”他的孩子们都表示钦服。

唐代宗永泰元年，大将仆固怀恩病故。各异族联合进犯京畿。郭子仪奉命抵御。刚到泾阳，少数民族的部伍已经合军。郭子仪只率了两千部众，少数民族的头领问：“这个领兵人是谁？”部下说：“他是郭令公。”回纥头领说：“怎么郭令公还在？仆固怀恩告诉我，大唐皇帝死了，郭令公也死了，所以我才来的。现在郭令公在，大唐皇帝还在不在呢？”郭子仪差人告诉他，说皇帝身体康泰。回纥头领说：“郭令公真在的话，我能见到他吗？”郭子仪将要出见，将领们说，少数民族的人不可以相信，不要去。郭子仪说："他们几十倍于我，真打起来，咱们的力量是不足的，怎么办？至诚可以感动神仙，何况是少数民族呢？"将领们要选五百精锐的骑兵给他做护卫。郭子仪说，这是倒找麻烦。令人传呼，告诉说郭令公来了。少数民族的头领开始怀疑，严阵以待。郭子仪仅率几十人骑马出阵，摘下头盔来打招呼说："你们安好啊。很久以来你们同怀忠义，尊重朝廷，现在怎么做这样的事？"回纥头领率先下马致敬，说："这是我们的父辈啊。"

郭子仪身高六尺，相貌堂堂。唐肃宗在灵武封他为天下兵马副元帅，加平章政事，又封为汾阳王，又加中书令，后来把他的像画在凌烟阁上。德宗时又加号为尚父。逝世后，配享代宗庙庭，极为尊荣。他有八个儿子、七个女婿，都做了很大的官。他的儿子郭暖，娶代宗的女儿升平公主。有几十个孙子和孙女。这些人给他问安或祝寿的时候，他仅点头而已。郭子仪忠心于国家，对皇帝和

官职高于他的人，非常至诚。对待下级，又非常宽厚。作战勇猛有智，每战必克。宦官程元振、鱼朝恩多次诋毁他。他带领重兵正在作战，接到皇帝召见的命令，从不为担心自己的性命而顾盼。也是老天有眼，他一直都平安。田承嗣很跋扈，傲慢无礼。郭子仪的使者到他那里去，田承嗣去拜望，指着自己的膝盖说："我这腿很多年是不屈于人的，现在我只好为郭令公一屈了。"郭子仪部下的老将比如李怀光等，都封了王侯，郭子仪指挥他们得心应手，他们对郭子仪，像奴仆对主人一样尊重。当年，郭子仪同平定安史之乱的另一位重要将领李光弼齐名。虽然威武不如李光弼，但是在宽厚待人方面，是超过他的。每年他家的俸银有二十四万两，其他的收入尚且不算。郭子仪的家住在长安的亲仁里，占整个亲仁里的四分之一。亲仁里是一个四通八达的巷子，郭子仪家仆人三千，从不生事。经过亲仁里的人，甚至分不出哪一家是郭子仪的府第。唐代宗很恩宠他，从来不直呼郭子仪的名字，而称为大臣。二十余年，天下安危，靠他支撑。做中书令二十四年。权倾天下而朝廷不忌；功盖一代而皇帝从不猜疑；过着奢侈的生活，没有人不满。郭子仪一生富贵，子孙安泰，于天伦之乐，没有缺憾。去世的那年，八十五岁。

（出《谭宾录》）

陈子昂

陈子昂是四川射洪县人。在京城住了十年，没有谁知道他。当时市场上有一个卖胡琴的，要价一百万。每天都有有钱人去看这件东西，没人明白它的价值。陈子昂突然从人群里走出来，跟人们说，我可以用一千缗来交换。大家很惊讶地问这东西有什么用？陈子昂回答说，我善于弹奏这件乐器。有好奇的人便问，你能弹给我们听吗？陈子昂说："我住在宣阳里。"指给地址，告诉大家说明天我准备酒，专门等候诸位。不仅各位可以来，还可以邀请一些知名人士一起来。和大家会一会，很荣幸。第二天早晨，来了一百多人，都是当时很有名望的。陈子昂好酒好菜款待他们。吃过饭，捧出胡琴，对客人们说："四川人陈子昂有文章好几百轴，跑到京城来，东奔西走，却不为人重视。这件乐器不是什么值钱的东西，怎么值得我放在心上？"于是把胡琴举起来摔了。把他写在帛上的文章取出来，摆了两案子，分别赠送给客人。会散以后，一天之内，名满京都。当时武攸宜被封为建安王，请他做记室，后来又做拾遗，回家省亲，被段简害死。

（出《独异记》）

李光弼

李光弼在野水渡征讨史思明，到了晚上，军队撤回，只留了一千人。李光弼对雍颢说："贼将高晖、李日越、喻文景，都是万人才能抵挡的人，史思明必然派一人来劫我。我先走了，你领士兵在这儿等他们，不准和他们交战；他们若是投降，就和他们一起来。"这天，史思明召李日越说："你领兵取野水渡，这次一定能抓住他，你派铁骑晚上渡过去，为我抓来。"又命令说："必须抓到李光弼，否则，你就别回来。"李日越率领五百骑兵，早晨接近了雍颢的军队。

雍颢的士兵在护城河边，只是互相看着喊叫。李日越感觉很奇怪，问太尉在吗？回答说，夜间走了。又问，你们有多少兵？回答说，一千人。又问，将领是谁，答，是雍颢。李日越沉思良久，对他的部下说，我接受的命令是必须抓到李光弼，现在抓到雍颢不能满足史思明的愿望，回去我必死，不如投降。于是李日越便投降了，和雍颢一起到了唐营。李光弼曾经领兵守河阳，与史思明对峙了一年。史思明有一千多匹战马，每天在河南边洗马，用来显示他的马多兵强。李光弼便在诸营中选出母马五百匹，等史思明的马下河时，他把母马赶下河，因为母马都有小马驹在城内，所以母马不断地嘶鸣。史思明的战马听着母马嘶叫，便渡河过来，李光弼把马都赶进了军营。还有李光弼在河阳时，听说史思明已过了黄河，便从远道迂回赶到了东京洛阳。他对留守的韦陟说："我军现在是失败之机，难与贼人交锋，洛城又无粮，不能守，你怎么想的？"韦陟说："增兵陕州，退守潼关。"李光弼说："你这是用兵的常规，不是奇妙之策。不如移军河阳北边在泽潞阻击，据守三城与他对抗，胜了就可抓住他；败了，则可据城自守，内外呼应，使贼不敢西侵，这就叫'猿臂之势'。"史思明到了偃师。李光弼命令将士赴河阳，以他的五百多骑兵殿后。用石头挡住路和桥，只能打着灯笼慢慢走。叛军不敢逼近，晚间到达城内。第二天黎明，史思明率众来攻城，诸将拼死而战，杀贼一万多。活捉了八十人，缴获的器械粮食上万，并抓住了大将徐璜、王李秦。史思明很惊慌，只好退回去筑城对抗。李光弼又要出战，对他的部下说："凡是战争到了最后的时候，都关系到胜利与失败的问题，我李光弼身为三公，决不能死在敌人之手，若是失败了，我决心投河。"可是城与河离的稍远，怕到时候难到河边，他便把短剑放在靴中，他下定了必死的决心。这一仗打胜了，他在城西向西方拜舞，军中将士大为感动。

后来军队转移到临淮镇守，李光弼带病而行，兵士们抬着他直接到了泗州，李光弼没有到达河南。田神功打败刘展后，逗留在杨府；尚衡、殷仲卿二人攻打兖、郓；来瑱军拒贼回到襄阳。朝廷深患叛贼未除，令光弼到徐州，史朝义退走了，田神功也很快地归回河南，尚衡、殷仲卿、来瑱都惧怕光弼，相继赴关。吐蕃进犯京都，皇上下手诏催李光弼速率兵赴长安。李光弼与程元振二人不和睦，观察局势的变化，迟迟不到京城。起初，光弼治军很严，威名震天下，凡是他下的命令，诸将不敢不服。后来，有田神功等诸军，都不受他的控制，因此，光弼很不得志，感到很耻辱，很惭愧，忧郁成疾，死于徐州，时年五十七岁。当时，朝廷派庄宅使鱼朝恩去吊唁。

（出《谭宾录》）

温庭筠

唐人温庭筠，字飞卿，旧名岐。当时和诗人李商隐齐名，被称为“温李”。他才思敏捷，用词美艳华丽，擅长写小赋。每次考试，按规定韵作赋。他只需要叉八次手便八韵作成，速度很快，他经常为邻座的考生代作文章，人们送他外号“救数人”。由于他不严格约束自己的言行，所以受到一些有身份的人的轻视。李商隐对他说：“我近来作了一联：‘远比赵公，三十六年宰辅。’没有得到偶句。”温庭筠说：“你怎么不对：‘近同郭令，二十四考中书。’”唐宣宗曾写有“金步摇”的句子，未能对出下句。叫进士们对，温庭筠以“玉条脱”对上了，宣宗很赞赏。又有一药名“白头翁”，温庭筠以

"苍耳子"为对，这样类似情况很多。宣宗爱唱《菩萨蛮》词，丞相令狐绹叫温庭筠代他撰词。并告诉温不要泄露此事，温庭筠却把这事说了，因此令狐绹便疏远了他。温庭筠也说过，"中书省内坐将军"，是讥讽那些宰相们没学问。宣宗喜欢微服出行，有一次遇上了温庭筠，温不认识皇帝，很傲慢地追问皇帝说："你是长史司马之流的大官吗？"皇帝说："不是。"温又问，"那你是六参簿尉之类吗？"皇帝说："不是。"因此，把温庭筠贬为方城尉。皇帝在诏书中说："读书人应以器德为重，文章为末，你这样的人，品德不可取，文章再好也是弥补不上的。"温庭筠负有不羁之才，没有得到机遇用他，最后竟流落而死。豳国公杜悰从西川调到淮海，温庭筠到了韦曲杜氏的林亭，写了一首诗：

卓氏炉前金线柳，隋家堤畔锦帆风。
贪为两地行霖雨，不见池莲照水红。

豳公看到后，赏他绢布一千匹。吴兴的沈徽说："温庭筠曾在

江淮一带当过老师，因此改名庭筠。”每年科举考试时，他常为人代作文章。侍郎沈询主持的一次考试中，为温庭筠单设了一个座位，不和其他考生相邻。第二天，在帘前对温庭筠说：“以前那些应举考试的人，都是托你代作诗文，我这次的考场上，没有人托你吧。希望你自我勉励吧。”把他打发走了，由此，温庭筠更加不得意。

（出《北梦琐言》）

李　约

兵部员外郎李约，汧国公的儿子，与宰相儿子的地位接近。李约有个雅好，他非常喜爱深奥微妙的义理。李约声名远播，品德操行都很优秀。他酷爱山林，琴艺、酒量、词道，都高绝一时，终生不接近女色。李约生性喜欢结交名人，而不爱谈论日常生活琐事。他早晨起来随便收拾一下头脸，跟客人下下棋便是一天。

李约收藏了许多古器。他在润州曾得到一片古铁，敲击它发出的响声清越不凡，非同一般。他又豢养一猿名叫山公，经常让它陪伴在身边。有时趁着月色好的时候登舟游江，弃舟登金山，敲击古铁，弹拨琴弦，身边的爱猿长啸和鸣。他一壶接一壶地通宵饮酒，不等候宾客，直到喝醉方休。李约曾辅助李锜为浙西幕僚，他初到金陵，与李锜闲谈，多次说到招隐寺建筑宏大，风光不凡。一天，李锜于招隐寺内宴请李约。第二天，李锜对李约说：“十郎你曾经夸赞招隐寺不凡，昨天宴游我仔细地观看了，也没什么特殊的地方。”李约笑着说：“我所赞赏的是自然界粗犷的美。如果将远山用翠幕遮起，将古松用彩带裹住，在清泉中剖洗腥膻的鹿肉，用人工发出的乐声扰乱山鸟的婉转鸣唱。倘若这样，还不如老老实实地待在叔父您的大厅里呢。”李锜大笑。李约爱好饮茶品茗，能够自己制茶。他常对人说：“茶必用温火炙，活火煎。所谓活火就是炭火燃出的焰火啊。”来了客人，品起茶来不限杯数，随你饮。李约终日操持茶具为客人斟茶，不知疲倦。李约曾奉命去硖石县东，因喜爱硖石县的清澈溪流，在此流连十多天。

（出《因话录》）

陶弘景

丹阳陶弘景幼年聪慧，博览群书。自从他阅读了葛洪的《神仙传》后，便产生了隐居山林、修仙养道的想法。他常常对人说：“仰观青云白日所显现的天象，离我归隐山林修仙养道的时日不远了。”陶弘景起初官拜宜都王侍读，后来改任奉朝请，这是一个闲职，定期参加一些朝会了事。齐武帝永明年间，陶弘景辞去官职归隐茅山。

茅山有个金陵洞，洞长环回一百五十余里，又叫华阳洞天，内有三茅司命的府庙，因此当时人叫它茅山。由这个洞名，陶弘景自号为华阳居士。此后，凡有记载他的书，都用华阳居士这个称谓。陶弘景隐居茅山，就像士大夫以能参加古代圣贤的礼教玄晏为荣、葛洪怀抱木皮守持本真一样。陶弘景不但有林泉之好，而且尤为喜爱著书立说。缙绅庶士中仰敬他的人很多，有的不远千里来拜谒他。陶先生曾说：“我读修炼以外的杂书不到万卷，同时也读有关修仙成道的书，权当小小的研究吧。”齐高祖问询陶弘景：“卿归隐泉林，山中有什么东西那么吸引你？”陶弘景写了一首诗回答他，诗中写道："山中何所有？岭上多白云。只可自怡悦，不堪持寄君。"齐高祖读诗后，非常赞赏陶弘景。

（出《谈薮》）

曹植

魏文帝曾经与陈思王曹植同车外出游玩，看见两头牛在墙内角斗，一头牛不敌对手，坠井而死。魏文帝令曹植以死牛为题作诗一首，诗中不能说"牛"，亦不能说"井"，不能提到"斗"，亦不能称"死"。马行走百步时，必须写成四十言，马行走百步而诗没写成的话，处以斩刑。曹植策马而驰，随即拿起笔写道："两肉齐道行，头上戴横骨。行至凶土头，崥起相唐突。二敌不俱刚，一肉卧土窟。非是力不如，盛意不得泄。"诗写成后，马还未走到一百步，他又作一首三十言的自己怜悯自己的诗："煮豆持作羹，漉豉取作汁。萁在釜下燃，豆向釜中泣。本自同根生，相煎何太急！"

（出《世说》）

诸葛靓

诸葛靓在吴国的时候，参与朝廷大会，孙皓问道："你的字是仲思，为何所思呢？"诸葛靓回答说："在家思孝，侍奉国君时思忠，对待朋友讲诚信，如此而已。"

（出《世说新语》）

范百年

南朝时宋梁州的范百年因事拜见宋明帝，宋明帝在说话之间谈到了广州的贪泉，就问范百年说："你们梁州也有这种泉水吗？"范百年回答说："梁州只有文川武乡，廉洁谦让的泉水。"宋明帝又问道："你的家安在哪里呢？"范百年说："我住在廉让之间。"宋明帝称好。后来任命范百年担任梁州刺史。

（出《谈薮》）

庾杲之

齐武帝曾经问群臣说："我死后会追加个什么谥号？"没有人能够回答。王俭示意庾杲之回答，庾杲之说："陛下寿比南山，与日月齐明，千载之后，哪里是臣子们所能估计得到的呢！"当时人人都称赞庾杲之善于回答问题。

（出《谈薮》）

李膺

南朝梁人李膺富有才思善辩，梁武帝对他说："现在的李膺，跟过去的李膺相比怎么样呢？"李膺回答说："我认为现在的李膺超过过去的李膺。过去的李膺，在汉灵帝、汉桓帝那样昏昧的朝廷做官；现在的李膺，在唐尧、虞舜这样的君主手下任职。”人们都很悦服。

（出《谈薮》）

蜀甘后

蜀国先主刘备的甘皇后，是沛县人，出生微贱，家乡有个看相的说：“这个姑娘今后会大富大贵，成为后妃一类的贵人。”她生下来就体貌特异。长到十八岁，玉质柔肌，态媚艳冶。先主刘备让她坐在白绡帐中，从外面望去，好像月下的积雪。河南人献给刘备一尊玉人，有三尺高，刘备就将玉人放在甘后的旁边。白天讨论军事谋略，晚上就拥着甘后玩弄玉人。人们常常称赞白玉珍贵，将它比作有德的君子，何况将玉做成人形，怎么会不去赏玩呢？甘后与玉人一样洁白润泽，观赏的人大多感到意惑神迷。那些邀宠的人不只是嫉妒甘后，也嫉妒玉人。甘后常常想毁掉那尊玉人，就劝告刘备说：“过去子罕不把美玉当宝贝，《春秋》称赞他，现在吴、魏还没有被消灭，怎么能把这些不祥的玩物抱着不放呢，凡是诬惑生疑的东西，都不要再让臣下进献了。”先主刘备就撤掉了玉人像，想要邀宠的人都退走了。当时的君子认为甘后是有高尚品德和智慧的妇人。

（出《王子年拾遗记》）

崔 护

博陵人崔护，风流倜傥，但孤洁寡合，考中了进士。有一年清明节，独自到都城南郊春游，来到一户人家，只见房舍四周，花木丛翠，寂静得好像无人，崔护敲了很久的门，有个姑娘从门缝中偷着看他，问道："你是谁啊？"崔护将姓名告诉了她，并且说："独自春游，酒喝多了，口渴，想讨一杯水喝。"姑娘进去，端了一杯水出来，将门打开，搬来凳子让他坐，自己走到一旁靠着桃树的斜枝站着，显得很有情意，姿态优美。崔护逗她说话，女子不回话，彼此默默注视很久。崔护告辞离去，姑娘将他送至门外，依依不舍地回到屋中，崔护也回头眷顾，从此以后再没有来了。等到第二年的清明节，崔护忽然想起那姑娘，情不可抑，就去寻找她。只见门院依旧，但门已锁上了。崔护就在左边的门上题诗道："去年今日此门中，人面桃花相映红。人面不知何处去，桃花依旧笑春风。"过了几天，崔护又偶然到都城南郊，再去寻找那姑娘，听到屋里有哭声，就敲门探问，有位老父出来说："您不是崔护吗？"崔护说："正是。"老父又哭道："你杀了我的女儿。"崔护又惊愕又难过，不知怎么回答。老父说："我的女儿自幼就知书识礼，还没有婚嫁，自从去年以来，经常精神恍惚，若有所失，近日与她一起出去，等到回家，她看见左边门上有字，读了以后，进门就病了，就绝食数日而死。我老了，只有这么一个女儿，之所以没让她出嫁，是想给她找一个有德有才的君子，以托付终身，现在不幸死去，难道不是你杀了她吗？"又拉着崔护大哭，崔护也非常感动，请求进去哭祭，只见那姑娘面色如生躺在床上。崔护抬起她的头枕在大腿上，哭着说："我在这儿。"一会儿姑娘就睁开了眼睛，过了半日就复活了，老父非常高兴，就将女儿嫁给了崔护。

（出《本事诗》）

开元制衣女

唐玄宗开元年间，下令给戍边的将士做寒衣，在宫中缝制。有个兵士在短袍里发现了一首诗："沙场征戍客，寒苦若为眠。战袍经手作，知落阿谁边？蓄意多添线，含情更着绵。今生已过也，结取后身缘。"兵士把诗告诉主帅，主帅将诗献入皇宫，唐玄宗下令将诗拿给宫女们看，并说："有写了这首诗的人不要躲起来，我不怪罪你。"有一个宫女说自己是写诗的人，罪该万死。唐玄宗非常同情

她，就把她嫁给那个得到了诗的兵士，并且说："我让你们结今生缘。"戍边的将士都感动得流泪。

（出《本事诗》）

吴夫人

吴主孙权的一位夫人赵氏，是赵达的妹妹，擅长绘画。她的画精巧美妙，没有第二个人可以达到她的水平。赵夫人能在手指中间，用彩丝织成云龙、虬凤图案的锦，大的一尺多，小的见方只有一寸，宫中称为"机绝"。孙权常常慨叹没能铲除魏、蜀两国，在行军打仗的空闲时间里，很想得到一位擅长绘画的人，能绘制出一幅有山川、地貌的图像，供行军布阵用，赵达就把他妹妹进献给孙权做了夫人。孙权让她绘制全国江湖、四方山岳的形势图，赵夫人说："丹青的颜色，很容易褪掉，不可能长久保存，我能刺绣。"于是，赵夫人把所有国家都绣在一块帛上，上面还绣着五岳、河海、城市及行军布阵的图案，然后把它献给孙权。当时的人称为"针绝"。虽然有棘刺木刻的木猴，有公输般造的云梯，有制作精美的风筝，但是没有比它更珍稀瑰丽的。

孙权住在昭阳宫，忍受不了夏天的炎热，就卷起了紫绡幔帐，赵夫人看见后，说："这还不够好。"孙权问赵夫人这是什么意思，赵夫人回答说："我要绞尽脑汁想出个好办法，让帷幔放下来时，清风也能吹进去，从外面看并没有什么遮挡、障碍，各位侍者也能感到很凉爽，飘飘然仿佛驾驭着轻风一路行走一般。"孙权说很好。于是赵夫人剖开发丝，然后用神胶把它们粘起来。神胶出产在郁夷国，是用来粘接弓弩的断弦的，百断百续，特别有神效。赵夫人就用这经过剖制、粘接起来的发丝织成绉纱。几个月后完工，裁剪缝制成帷幔。无论是从里、还是从外面看，都像烟气似的轻轻飘动，而且房间里自然变得清幽凉爽。当时，孙权还亲自带兵行军打仗，常把这幅帷幔带在身边，作为行军的幕帐。这幅帷幔舒展开时长宽好几丈，卷起来可以放在枕头里面。当时人称它做“丝绝”。所以吴有三绝，四海之内再没有第二种同它们一样绝妙的稀世珍宝了。

后来有为求受到宠幸而谄媚的人，诬陷她说，赵夫人总爱在大王面前炫耀自己，因而赵氏招到祸患被废除。赵氏虽然被怀疑而失去了夫人的地位，但是做为技艺高超的工匠，她被载录在史书上，流芳千古。东吴灭亡时，不知她在什么地方。

（出《王子年拾遗记》）

荀巨伯

荀巨伯到很远的地方去看望生病的朋友，正赶上胡人进犯这座城。友人对荀巨伯说：“我就要死去了，你赶快离开这危险的地方吧。”荀巨伯说：“我远道而来，就是来看望你的。现在遇到危险我就扔下你走了，这是荀巨伯能做出来的事情吗？”胡兵攻破城池，来到荀巨伯的朋友家，看见荀巨伯说：“我们进到城里后，整座城的人都逃走了。你是什么人？一个人留在这里。”荀巨伯说：“我的这位朋友身患重病，我怎么能将他一个人扔下不管呢？请你们不要伤害他，我愿意替他去死。”胡兵听了这话很受震动，相互议论说:“我们是不义之师,却侵占了有道德修养的国家啊。”于是悄悄退出了这座城。荀巨伯这种高尚的行为,拯救了全城的居民。

(出《殷芸小说》)

董奉

董奉字君异,候官县人。吴先主时,有一个年轻人任候官县的长吏,见董奉当时有四十来岁,他不知道董奉有道术。后来这位长吏罢官走了,五十多年后又担任了另外的职务,经过候官县,见当年的同事都老了,而董奉的容貌好像和五十年前一样。他就问董奉:“你是不是得了道呢?我当年看见你是这样,现在我已白发苍苍,可你却比当年还年轻,这是怎么回事?”董奉含糊地应了一句:“这是偶然的事罢了。”

交州刺史杜燮得了暴病死去,已经停尸三天,正好董奉在交州,听说后就前去看望,把三个药丸放在死者嘴里,又灌了些水,让人把死者的头捧起来摇动着让药丸溶化,不一会儿,杜燮的手脚就好像能动,脸上有了活人的颜色,半日就能坐起来,四天后就能说话了。杜燮说:“我刚死的时候就像在梦中,看见来了十几个穿黑衣的人把我抓上车去,进了一个大红门把我塞进了监狱。监狱里都是小单间,一间里只能住一个人。他们把我塞进一个小单间里,用土把门封上,就看不见一点光亮了。我忽然听见门外有人说太乙真人派人来召我,又听见有人挖开门上封的泥土,半天才把我弄出来。这时我看见有一辆支着红伞盖的马车,车上坐着三个人,有一个人拿着符节,招呼我上车。车把我送到家门口我醒了,我就复活了。”杜燮向董奉跪拜说：“承蒙您救死复生的大恩，我该怎样报答呢？”于是他就给董奉在院子里盖了一座楼侍奉他。董奉不吃别的东西，只吃干肉和枣，还能喝一点酒。杜燮就一天三次供奉肉、枣、酒。董奉每次进食都像鸟一样腾空来到座位，吃完了就飞走，别人常常无所察觉。这样过了一年多，董奉辞别离去。杜燮哭着挽留也留不住，就问董奉要去什么地方，要不要租一条大船。董奉说：“我不要大船，只要一具棺木就行了。”杜燮就准备了一具棺木。第二天中午董奉就死了，杜燮把他装殓后埋葬了。七天后，有个从容昌来的人捎话给杜燮，说董奉感谢他，望他多保重。杜燮知道董奉未死，就到墓地打开棺材，见里面只有一块绸子。绸子的一面画着个人形，另一面用朱砂画了道符。

后来董奉回到豫章庐山下居住。有一个人得了热病，快死了，家属用车拉着来见董奉，叩头哀求董奉救命。董奉让病人坐在一间屋子里，用五层布单子蒙上他，让他别动。病人说起初觉得一个什么动物舔他身子的每一个地方，使他疼痛难忍。这个东西的舌头好像有一尺多长，喘气像牛一样粗，不知是什么玩艺儿。过了很久那东西走了。董奉就把病人身上的布单揭下来给他洗澡，然后就让他回家，董奉告诉病人不久病就会好，注意不要受风寒。十几天后，病人身上的皮全脱了，全身通红十分疼痛，只有洗澡才能止痛。二十天后，病人身上长出新皮，病也好了，皮肤十分光滑，像凝结后的油脂。后来当地忽然大旱，县令丁士彦和官员们议论说：“听说董奉有道术，也许能降雨。”丁士彦就亲自带了礼物拜见董奉，说明了旱情。董奉说：“下雨还不容易吗？”说着抬头看看自己的屋子后说：“贫道的屋子都露天了，我担心真来了雨我可怎么办。”县令立刻明白了，就说：“先生只要能下雨，我保证马上给你盖新房子。”第二天，县令带着官员、民工一百多人，运来了竹子、木材，屋架很快立起来了。但和泥没有水，打算到几里外去运水。董奉说：“不必了，今晚将有大雨。”他们就没去运水。到了晚上果然下起了大雨，水把高处低处的田地都灌平了，老百姓都乐坏了。

董奉住在山里不种田，天天给人治病也不取分文。得重病经他治好的，就让患者栽五棵杏树，病轻的治好后栽一棵，这样过了几年就栽了十万多株杏树，成了一大片杏林。他就让山中的鸟兽都在杏林中嬉戏，树下不生杂草，像是专门把草锄尽了一样。杏子熟后，他就在杏林里用草盖一间仓房，并告诉人们，想要买杏的不用告诉他，只要拿一罐粮食倒进仓房，就可以装一罐杏子走。曾经有个人拿了很少的粮食，却装了很多的杏，这时杏林里一群老虎突然吼叫着追了出来，那人吓得捧着装杏的罐子急忙往回跑，由于惊惶逃命，一路上罐里的杏子掉出去不少。到家一看，剩下的杏正好和送去的粮食一样多。有时有人来偷杏，老虎就一直追到偷杏人家中把他咬死，死者家的人知道是因为偷了杏，就赶快把杏拿来还给董奉，并磕头认罪，董奉就让死者复活。董奉每年把卖杏得来的粮食全部救济了贫困的人和在外赶路缺少路费的人，一年能散发出去两万斛粮食。

县令有个女儿被鬼缠住，医治无效，就投奔董奉求治，并说如果治好了就把女儿许给董奉为妻。董奉答应了，就施起法术，召来了一条几丈长的白鳄鱼，鳄鱼在地上一直爬到县令家门口，董奉就让随从的人把鳄鱼杀死，县令女儿的病就好了。董奉就娶了县令的女儿，但很久没有儿女。董奉经常外出，妻子一人在家很孤单，就收养了一个女孩。女孩长到十几岁后，有一天董奉腾空升入云中成仙而去了。他的妻子和养女仍然住在家里，靠卖杏维持生活，有敢欺骗她们母女的，老虎仍然追咬。董奉在人间三百多年才登仙而去，容貌仍像三十岁的人。

（出《神仙传》）

玄 奘

高僧玄奘俗姓陈，是偃师县人。玄奘自幼就聪慧，品德高尚。唐高祖武德年间，玄奘到西域去取经，走到罽宾国，道路险要，经常有虎豹出没，无法通过，玄奘不知怎么办，就锁上房门坐着。到了傍晚时才开门，看见一位老僧，头面疮痍，身上流着脓血，到床上独自坐着，不知他因何事而来，玄奘就对他施礼求教。老僧向他口授《多行经》一卷，叫玄奘背下来，于是顿见山川平展，道路开阔，虎豹匿迹，魔鬼潜藏。他终于到达了佛国，取了六百多部真经回来，

《多行经》至今仍被众僧诵念。

当初，玄奘准备前往西域，在灵岩寺看见一棵松树，玄奘站在院子里，用手摸着松树的树枝说："我西去求取佛经，你可以往西边长。如果我能够回来，再往东边长，让我的弟子知道。"等到玄奘西去取经时，松树的树枝年年往西边长，大约有几丈长。有一年松树的树枝忽然回到了东边，玄奘的弟子说："师父回来了。"就向西去迎接他，玄奘果然回来了。直到现在人们还称这棵松树为"摩顶松"。

（出《独异志》及《唐新语》）

一　行

僧一行俗姓张，钜鹿人，本名遂。唐玄宗召见他，对他说："你有什么本事？"僧一行回答说："只不过善于记览罢了。"唐玄宗因此下诏给掖庭令，拿出宫女的名册给一行看，一行将名册浏览一遍，合上名册，全册内容都已记背精熟，好像平时看过一样。读了数册以后，玄宗不觉从御榻上走下来，对他施礼，称他为"圣人"。

起初，一行皈依佛门，在嵩山拜普寂为师。普寂大师曾经在庙里设食，大会群僧及沙门，远近数百里的僧徒都如期而至，大概有上千人。当时有个叫卢鸿的人，道德高尚，学识渊博，在嵩山隐居，普寂就请卢鸿写文章，赞叹这次聚会。到了那一天，卢鸿带着他写好的文章来到庙里，一行的师父收下卢鸿的文章，将文章放在几案上。钟梵敲响之后，卢鸿请求普寂说："我写了一篇几千字的文章，文字险辟，言辞怪异，为什么不在群僧中选一个聪明颖悟的，我一定会亲自传授。”普寂就下令招来一行，一行来了以后，一边打开文章一边微笑，只看了一眼，又将文章放在几案上，卢鸿认为他粗疏轻率，心里暗暗地怪罪他。一会儿，群僧在大堂集会，一行攘袂而进，高声朗诵卢鸿的文章，没有一点遗漏，卢鸿惊愕了很久，对普寂说：“这个人不是你能教导的，应当让他去游学。”于是一行读了很多佛经，从此以后不远数千里，到处拜师求学。一行曾经来到天台山的国清寺，看见一所院子，院中长着几十棵古松，门前有流水，一行站在门和屏风间，听到院中有僧人在那里推算，簌簌有声，并对他的徒弟说：“今天会有弟子来求我告知他算法，已到了门前，怎么没有带他前来呢？”那僧人又算了一会儿，接着说：“门前的水当向西流，那个弟子应该来了。”一行听完僧人的话就进去了，叩头请求僧人告知他算法，僧人将所有的算法都告诉了他。过去门前的水向东流，忽然改为向西流。邢和璞曾经对尹愔说：“一行大概是圣人吧？汉朝的洛下闳制定历法时说：‘八百年之后，将会相差一日，到那时有圣人改定。’现在时间到了，一行制定了《大衍历》，订正了差谬，洛下闳的话应验了。”一行又曾经到道士尹崇那里借扬雄的《太玄经》，过了几天，又到尹崇那儿还书，尹崇说：“这本书意旨深远，我研读了几年，尚且不能通晓。你借去研读，为什么这么快就还书呢？”一行说：“已通晓了其中的意义了。”于是拿出他所撰写的《大衍玄图》及《义诀》给尹崇看，尹崇非常叹服，对人说：“这是后生的颜子啊。”

当初，一行年幼时，家里很贫穷，邻居有个王姥姥，前后救济了他几十万钱，一行常常想着要报答她。到了开元年间，一行被唐玄宗礼遇，玄宗对他言听计从，不久，王姥姥的儿子杀了人，还没判决，王姥姥到一行那儿求救，一行说：“姥姥要金帛的话，我当以您过去给我的十倍酬报。皇上执法严明，难以因情枉法，您看怎么办呢！”王姥姥用手指着他大骂道：“为什么要认识你这个歪和尚！”一行向她道歉，终究没有徇情枉法。

一行计算浑天寺中的工役数百，就命令空出内室，将一个大瓮搬到屋中，秘密地选派了两个常住仆，将一个布袋交给他们，说道：“某坊某角有废园，你们暗中向园里窥视，从中午到黄昏，会有东西进来，一共有七个，要全把它们捉住，漏掉一个就要杖打你们。”两个奴仆按他说的前往，到了酉时以后，果然有一群猪来了，将它们全部捉住带回来了。一行非常高兴，叫人把猪放到瓮中，用木盖盖住，又用六一泥封住，用红笔写了几十个梵字，徒弟们不知他的意图。等到上朝时，中使敲门说皇上紧急召见，一行到了便殿，玄宗迎上来问道：“太史奏报，昨夜北斗不见，这是什么征兆，大师有什么办法可以消灾吗？”一行说：“后魏时失荧惑，如今帝车不见，这是古代以来没有的，这是上天将对陛下提出严重的警示。天下的男男女女，如果不得婚嫁，那么上天就会降霜，出现旱情；盛德所感，才能退舍。感化至切的，大概是在葬枯出系吧！佛门以瞋心坏一切喜，慈心降一切魔。依臣愚见，不如大赦天下。”唐玄宗听从了他的话。又有一天傍晚，太史奏报有一颗北斗星出现，一连经过七天，七颗北斗星便全部恢复了。

到了开元末年，裴宽任河南尹，笃信佛教，拜普寂禅师为师，每天都去拜访他。有一天，裴宽去看普寂，普寂说：“恰好有点小事，没时间跟你深谈，请过会儿再回去休息。”裴宽就屏住声息，待在一座空房里，只见普寂打扫正堂，焚香端坐。坐不太久，忽然听到敲门声，普寂连连说：“天师一行和尚来了。”一行进来以后，向普寂施礼，施礼完毕，跟普寂附耳密语，样子很恭敬，普寂只是点头说：

"无不可者。"说完又行礼，行礼完毕又说话，像这样的情形重复了多次，普寂只是说："是是，无不可者。"一行说完，走下台阶进入南室，关上了门，普寂就对弟子们说："敲钟，一行和尚去世了！"弟子们快步走过去看，真的像普寂所说的那样。一行圆寂以后，裴宽就穿着孝服去安葬一行，徒步出城送葬。

（出《开天传信记》及《明皇杂录》、《酉阳杂俎》）

虞世南

唐太宗有一次出行，有关官员请求载着秘书随从，唐太宗说："不须，虞世南在，他就是秘书。"唐太宗称赞虞世南：知识渊博，品德高尚，书法出众，文辞优美，忠诚正直，一个人同时兼有这五种优点。唐太宗听说虞世南去世，悲伤痛哭着说："石渠东观之中，再也没有这样的人才了！"虞世南任秘书省少监，在官衙后堂收集各种书籍中有用的文章，编成《北堂书抄》。现在这个堂还在，那些书籍也还盛行。

（出《国朝杂事》）

马　周

马周西行前往长安，到了新丰，住在旅店中。店主人只招待那些商贩而不顾马周。马周叫人上酒，悠然自得地一个人喝酒，店主人非常惊异。后来马周为常何起草奏章，陈述了二十多件事，唐太宗对常何的才干觉得很奇怪,问常何,常何回答说:“这不是我想出来的,这是我家的门客马周写的。”唐太宗当天就召见马周,马周没有及时赶到,太宗几次派使者去催促。到了马周谒见太宗时,谈话很投机,他被任命为监察御史。马周上任后,上奏后就传呼,设置了鼓,常常击鼓来惊醒众人,人们都觉得很方便。马周后来升任中书令,得了糖尿病,终年不愈。当时唐太宗驾幸翠微宫,寻找一处好地,为马周建房子,前往看病的名医、探望的内使络绎不绝,太宗常常将御膳房的食物赐给马周。太宗亲自为他调药,皇太子也前往探望。

(出《谈宾录》)

严安之

唐玄宗驾幸勤政楼,举办大型的宴会,让士民百姓前往观看。上演各种各样的杂戏,人们十分拥挤,仪仗队的卫士们用木棒雨点般殴打老百姓,也不能制止。唐玄宗对此很担心,对高力士说:“我认为海内丰稔,天下太平,因此摆下这么盛大的酒宴,想要与百姓同欢乐。想不到下人们如此喧乱,你有什么办法制止吗?”高力士说:“我没这个能力。陛下请将严安之召来,在我看来,他一定有办法解决。”玄宗听从了他的话。严安之来了以后,在广场巡行了一周,以手画地,指给人们看,告诫人们说:“越过这个范围的人就处死!”从此以后,五天的大宴期间,人们都指着严安之画的那条界线说:“严公界!”没有一个人敢逾犯。

(出《开天传信记》)

萧颖士

萧颖士的文章学术都冠绝一时，他享有盛名却怀才不遇。曾经有新罗的使者来到唐朝，说："我国的士民百姓，都愿意请萧先生为国师。"这事虽然没成，但可见萧颖士的名声竟远播海外。

（出《翰林盛事》）

于休烈

于休烈为人忠诚谨慎，机敏颖悟。唐肃宗登基时，于休烈从中都赶赴皇帝所在的行宫，被任命为给事中，后又升任太常少卿兼知礼仪使。经历了安史之乱，中原地区遭受浩劫，文物不完备，于休烈献上《五代论》，肃宗十分满意，升任工部侍郎。于休烈在朝中做官共有三十多年，一直掌管主要部门，但他为官清廉，家里没什么积蓄，恭俭温仁，喜怒从不在脸上表现出来，亲贤下士，奖掖后进，虽然位重年高，从无倦色，特别喜好读书，手不释卷。

（出《谈宾录》）

李廙

尚书左丞李廙，清廉有美德，他的妹妹是刘晏的妻子。刘晏正掌握大权，曾经来拜访李廙，李廙将他请到卧室，刘晏看见李家门帘很破旧，就叫人暗中量了门帘的长短，用竹子织了一幅门帘，没有加以装饰，准备送给李廙，多次带门帘上门，但每次不敢开口就默默地离去了。

（出《国史补》）

晏婴

春秋时期，齐国的晏婴身材矮小。他出使楚国时，楚国在大门旁边开一个小门迎请晏婴。晏婴不走小门，说：“出使狗国，入狗门。现在晏婴出使的是堂堂楚国，不应当从狗门进去。”楚王问：“齐国没有人才吗，怎么派你出使我国呢？”晏婴回答说：“齐国派遣贤德高尚的人出使贤德高尚的国家，派遣品德不好的人出使品德不好的国家。晏婴品德不好，因此出使楚王您这里。”楚王对身旁的大臣们悄声说：“晏婴善于雄辩，我想治治他。”于是，楚王坐好后，武士们从外面绑着一个人进来。楚王指着阶下绑着的人问：“他是什么人？”左右回答说：“是个犯偷窃罪的齐国人。”楚王看着晏婴问："齐国人擅长偷窃吗？"晏婴回答说："我听说橘生长在江南，移植到江北就变成了枳。枝秆、叶片都相似，它结的果实的味道却不同，是因为水土不一样啊。大王阶下绑着的这个人，在齐国时不懂得偷盗，来到楚国后就成了盗贼，本质变坏了。这是楚国的水土使他变坏的啊！"楚王听后笑着说："我反倒被你给戏弄了！"

（出《启颜录》）

齐景公时，有一个人犯了罪，齐景公很生气，下令肢解犯人，说："有敢求情救他的就处死！"晏子就左手提着犯人的头，右手拿着刀，抬头问齐景公说："古代的那些圣主明君，肢解人时是从哪里开始的？"齐景公马上说："放了他。这是我的过错啊。"

（出《独异志》）

优旃

秦国的优旃善于说笑话，但他说的笑话都符合一定的道理。秦始皇曾与臣下议论要扩大皇家园林，东起函谷关，西至陈仓，优旃说："很好！多养一些禽兽在里面，假如敌人从东方来，就让麋鹿去顶他们好了。"秦始皇听后，就停止了这项扩建计划。秦二世当政时，想将都城油漆一遍，优旃说："好啊！虽然百姓要花费许多，但真是太妙啦！将城漆得油光光的，敌人来犯时就不能攻上来。即使想要漆城，也很容易，只是很难找一个避荫的地方。"秦二世笑了笑就停止了这个计划。

（出《启颜录》）

优旃侍奉秦始皇时站在殿上。秦国的法律很严，如果没有命令就不能随便移动脚步。当时天气很冷，又下着雨，卫士拿着兵器站在雨中，优旃很同情他们，就开玩笑说："手拿兵器的大丈夫，你们虽然长得很高大，却只能站在雨中。我虽然长得很矮小，却站在殿上，雨水不能打湿我的衣裳。"秦始皇听到了，就下令卫士们站到廊檐下。

（出《独异志》）

东方朔

汉武帝要杀乳母，乳母向东方朔求救。东方朔说："陛下大怒如果旁人去劝的话，你只会死得更快。你临刑时，只须频频地回头，我会设奇计激将他。"乳母临刑时照着东方朔的话去做，一边走一边回头，东方朔站在汉武帝的旁边说："你还不快走！陛下已经长大了，难道还会想起你的哺乳之恩吗？"汉武帝很伤感，就赦免了乳母。

（出《独异志》）

简　雍

蜀国的简雍，从小就与先主刘备有交情，跟随刘备打天下，被任命为昭德将军。当时天旱，禁止酿酒，私自酿酒的人要受刑罚。有一次，官吏们从一户人家搜到了一些酿酒的器具，司法官员要将这人与酿酒的人一样处罚。简雍陪着先主游观，看见一个男子在路上行走，就对刘备说："那个人想要奸淫妇女，为什么不把他绑起来？"刘备说："你怎么知道他要奸淫妇女？"简雍回答说："他有阳具，这与有酿酒的器具想要酿酒有什么区别呢！"刘备大笑，就赦免了那个想要酿酒的人。

（出《启颜录》）

匡衡

匡衡字稚圭，他勤奋好学，但由于家境贫寒，连蜡烛也点不起，邻居家有蜡烛却不借给他，他便将墙壁凿了一个小孔，将烛光引进来，拿着书对着烛光读书。同乡中有一个人连自己的姓名也不认识，但家中有钱，收藏了很多书。匡衡为他干活，但不要工钱，他奇怪地问匡衡为什么。匡衡说："愿意借来你的书，全都读一遍。"这个人非常感动，便资助匡衡读书，使匡衡成为一个大学问家。匡衡能够讲解《诗经》，人们为他编了一首歌谣说："没有人会讲解《诗经》，请匡鼎来。匡鼎来讲授《诗经》，能解除人们的疑问和忧愁。""鼎"是匡衡的小名。人们竟是如此敬佩他，听他讲解《诗经》的人都开颜欢笑。本地有个人讲解《诗经》，匡衡前去听。同这个人讨论《诗经》的疑难问题，这个人辩不过他，对他十分佩服，急忙羞愧地倒穿着鞋跑了。匡衡追上去说："先生请留步，听我和你讨论刚才的问题。"那个人说："我讲不出来了。"不顾匡衡而去。

（出《西京杂记》）

贾逵

汉朝的贾逵五岁的时候就聪明过人。他的姐姐是韩瑶的妻子，因为没有生育而被休回家。贾逵的姐姐以贞节贤明而出名。她听到邻居家的孩子们读书，便每天抱着贾逵隔着篱笆听。贾逵静静地听别人读书，一句话也不说，姐姐很高兴。贾逵十六岁的时候，就会背诵儒家的许多经典著作。姐姐对他说："我们家很穷，从来没有过学者上门，你是怎么知道天下有'三坟五典'等书籍，并且背诵得一句不差的呢？"贾逵说："当初姐姐抱我在篱笆下听邻居家孩子读书，我便记住了，所以如今全都能一句不差的背诵下来。"贾逵剥下院子里桑树的皮当做纸张，或者将字写在门扇或墙壁上，一年以后便把各种经典著作和历史书籍全都读了一遍。这时各地的学生不远万里来向他拜师学习，还有的人背着子孙来送给他教育。他认真地教这些学生读书，学生及家长所赠送的钱物和粮食装满了仓库。人们说："贾逵不是用力气耕田地来取得收获，而是用嘴讲授经史，一辈子用舌头耕种。"

（出《王子年拾遗记》）

赵生

唐玄宗天宝年间，有一个姓赵的读书人，他的祖先凭文章学问显贵一时。他兄弟几人，都以进士或明经资格进入仕途。只有这

位赵生愚鲁，虽然读书，却不能分开句子，理解含义。因此岁数不小了也不能得到郡守的推荐。有一次，他与哥哥、弟弟们的朋友一起吃饭，满座红衣绿袍相连，只有他是白衣，他非常不高兴。等到酒酣，有的人嘲笑他，他便更加惭愧愤怒。一天之后，他抛弃家园隐遁而去，住进晋阳山中。房屋是用茅草盖的。他把一百多册书用箱子运进山来，白天读书，黑夜休息，虽然寒热侵袭，吃的是粗粮，穿的是麻衣，但他不怕劳苦。然而这位赵生生性愚钝，用力越勤功效越少。他更加愤怒，始终不动摇自己的意志。十几天后，有一个穿短褐衣服的老头来拜访他。老头说："你隐居深山之中，读古人之书，难道有志于高官厚禄吗？即使这样，学的时间越长而到底也不能断句晓义，是多么不明智不灵活呀！"赵生表示感谢，说："在下不聪敏，自己估计老了将无用，所以来到深山，读书自悦。尽管不能通晓它的精深微妙之处，但是我一定要死在我想干的事业上，不给先人带来耻辱。又怎能说到官和禄上去呢？"老头说："你的意志特别坚定。老夫我虽然没有什么仙术能帮助你，只希望你到我那里去一趟。"于是赵生问老头住在什么地方。老头说："我是段氏之子，家在山西大树底下。"老头说完这话，忽然就不见了。赵生觉得奇怪，以为是妖精，就径直到山西去寻找他的踪迹。果然有棵繁茂的椴树。赵生想："这就是段氏之子吗？"于是拿来铁锹挖那树下，挖到一棵一尺多长的人参。这人参特别像他见过的那个老头。赵生想："我听说能变成妖怪的人参可以治病。"于是就把人参煮着吃了。从此以后他头脑清醒，聪明颖悟，凡是看过的书，都能通晓其中的奥妙。一年之后，考中"明经"科，做了好几任官才去世。

（出《宣室志》）

虬髯客

隋炀帝游幸江都，命司空杨素守西京。杨素恃贵骄横，当时，国内很乱，大权都握在他手里。他目空一切，骄奢淫逸，非一般大臣能比。每当官员们进言或宾客拜访时，他都是倚在床上接见，叫美女抬出来，婢女站列两旁，那架势都超过了皇帝。

到了隋朝末年，杨素更加放肆，卫公李靖穿着平民衣服来见他，进言献策，杨素仍是倚在床上见他。李靖向前一拜说："天下正乱，各地英雄竞起，你作为皇帝的重要大臣，应该以收罗天下英雄豪杰为能事，不应该倚在床上见客。"杨素这才收敛了傲慢表情，站起来与李靖交谈，谈过后他很高兴，接受李靖所献之策后，李靖便退了出去。在李靖和杨素交谈时，旁边站着一个姬女，容貌美丽，手执红拂，全神贯注地盯着李靖。李靖退出时，她紧跟出去问一小吏："方才那位处士叫什么名字？住在何处？"小吏一一相告，姬女点头而去。李靖回到住处，那夜天快亮时，忽然听到有人敲门和低声呼唤，李靖开门欲问时，却见一个穿紫衣戴帽的人，手拿一杖，杖上挂着一只皮口袋，李靖问："你是谁？"那人说："我是杨素家的姬女红拂。"李靖请她入室。红拂脱去了外衣，摘掉了帽子，竟是一个十八九岁的美丽姑娘，脸上没施脂粉，衣服却很华美，向李靖一拜，李靖倒吃了一惊。姑娘说："我在杨司空家很久，看到过很多有名气的人，却没有见过像你这样的人。作为一个女孩家，终归要有一个归宿，所以我奔你来了。"李靖说："杨司空在京师有很大的权力，还不好吗？"姑娘说："他只不过是一个行尸走肉，没什么可怕的，诸姬知道他没什么成就，走了很多，他也不去追寻。"李靖听姑娘的言谈没什么可怀疑的地方，便问她的姓，姑娘说姓张。又问排行第几？她说最长。看这姑娘的肌肤、仪表、形态、言辞、气质，真是一个完美的人哪！李靖能得到这样的姑娘，当然很高兴，可又有点害怕，再三考虑有些不安。来偷偷观看的人，你来我往很多。几天后，也没听到杨素追查的消息。

二人骑马回太原。走到灵石的旅店住下了，店中正煮肉，已经熟了。张氏站在床前梳头，长发拖地，李靖在刷马。忽然有一个中等个、长一脸红而卷曲胡子的人，骑一头瘸驴也来到旅店。他把皮口袋扔在炉前，当枕头卧在那里，看张氏梳头。李靖很生气，可是仍在刷马。张氏一看李靖的脸，心里明白了，她一手握发，一手向李靖暗示摆手，意思是叫他不要生气，自己便急忙梳完了头，向前问那人的姓名，躺着的那人说姓张。张氏说，我也姓张，我是妹妹，说着向那人一拜。又问那人排行第几？那人说，第三。那人问，妹妹排行第几？张氏答，最长。那人高兴地说，今天很幸运，遇到了一妹。张氏招呼李靖："李郎快来拜兄。"李靖很快地过来叩拜。而后，三人团团而坐，那人问，煮的什么肉？回答说："羊肉，已经熟了。"客人说："我很饿。"李靖到街市上买了胡饼回来，客人用匕首切肉，大家共同吃。吃完后，还剩一些肉，那人切了，在炉前吃了。客人说："我看李郎是一个贫士，怎么娶了这么好一个妻子呢？"李靖说："我虽然清贫，但我是个正人君子，别人问，都没说，老兄你问了，也就不隐瞒了。"李靖便把前后经过说了一遍。那人问："你打算上哪儿去？"李靖说："我想回太原避一避。"那人说："我有事，不能和你一起去了。"又问："有酒吗？"李靖说："西边酒馆里有。"李靖去提了一些酒回来。酒过数巡后，那人说："我有点下酒的东西，李郎能不能和我一起享用？"李靖说："不敢当。"于是，那人打开了皮口袋，取出来的竟是一个人头和心肝！他又把头装回袋中，用匕首切那心肝，共同吃。那人说："我没什么遗憾了。"又说，"我看李郎仪表非凡，器宇轩昂，是真正的大丈夫啊！你听说太原有特殊人物吗？"李靖说："曾经见过一人，我看他是个特殊人物，其余的只不过是将相之才。"那人问："这人姓什么？"李靖说；"和我同姓。"那人问："多大年龄？"李靖说："将近二十。"那人问："他现在干什么？"李靖说："他是太原州将的爱子。"那人说："很像啊，我要见他，李郎能不能让我见他一面？"李靖说："我的朋友刘文静和他很要好，通过刘文静就可以见到他，你想做什么？"那人说："望气者说太原有奇气，让我访一访，李郎明天走，何时到太原？"李靖计算了路程，说某日能到。那人说："到达后第二天天亮，我就在汾河桥等你们。"说完，那人骑着驴像飞似的走了，回头看时，他已走了很远。李靖和张氏感到很惊奇，过了一段时间，说："这是一个正直的人，他不会欺骗我们，不用害怕。"于是，二人骑马而行，按期到达太原，那人正在汾阳桥上等候，见面后都很高兴。三人一同去拜访刘文静。对刘文静说："我们很想念你，想见见你。"刘文静出来迎接，他平常就很尊重李靖，见面后便议论起国家大事。知道来客和李靖是好朋友，都是知己者，于是摆酒设宴。这时，李世民来了，他不修边幅，敞着怀来了，可是他神气昂扬，面貌不同常人。虬髯客却沉默不语地坐在后边，见到了李世民，他自己却万念俱灰。喝过数巡后，虬髯客对李靖说："这才是真正的天子啊！"李靖告诉了刘文静，刘文静非常高兴，他走出来时，虬髯客说："我看见了，就定了十之八九，还须要叫道兄来看一看。李郎和义妹还要回京，等某日中午时，在马行东酒楼找我，楼下有我骑的这头驴和一匹瘦骡子，那就知道我和我道兄都在那儿。"李靖夫妇到京后，很快找到了这里，见了这两匹驴、骡，便上了楼，见虬髯客与一道士对饮，他们见李靖来了，非常惊喜，让座，喝酒。喝过十数巡后，虬髯客说："楼下柜中有很多钱，你选择一个隐蔽的地方藏起来，让义妹住在那里，这事办完后，你我某一天再在汾阳桥上见。"李靖按预定的时间到了，虬髯客和道士已经先坐在了那里，他知道他们想见李世民，便写信请李世民来看棋。刘文静和道士对弈，虬髯客和李靖站在两旁。一会儿，李世民来了，寒暄之后坐下来，他神清气朗，笑意风生，顾盼左右，两目生辉。道士一见，很凄惨、悲伤，应了一手棋子说："这局输了！输了！此后，不会赢了，哎呀，没有办法救了。"道士无话可说，他不下棋了，要走。出来时对虬髯客说："这个天下不是你的天下，你到别的地方想办法吧，愿你自勉，也不用过多地思考。"他们准备同回京城，虬髯客对李靖说："我算了李郎的行程，某日能到京城。到后的第二天，可与义妹同到一个胡同中的小房去找我。我很惭愧，让李郎往返好几次，让义妹孤单地守空房，这次想叫你们到一起好好亲热亲热。"说完，虬髯客感慨而去，李靖也策马扬鞭，很快到了京城，与张氏一同去拜访虬髯客告诉的那个地方。先见到一小板门，叩门，有人出来说，是三郎让在这里恭候娘子和李郎的，已经等了很久了。进了第二道门，就非常壮丽了，有三十多奴婢站在两旁。二十个下人领李靖夫妇进入东厅。厅内陈设，非同寻常，梳洗之后，更衣换装。有人传呼，三郎来了！是虬髯客，他头戴纱帽，身穿褐裘。大有龙虎之姿。相见后非常高兴。虬髯客让其妻出来拜见，其妻美若天仙。把李氏夫妇请到中堂，陈设的豪华和丰盛，超过了王公贵族。四人对坐，菜、酒上齐之后，有二十个女子，像从天而降的仙女，演奏着人间没有听过的乐曲。酒足饭饱后，他的家人从西堂屋抬出二十个大桌子，桌子都盖着绣花的帕巾。抬到面前后，揭开了帕巾，是一些账簿和钥匙。虬髯客说："这都是我珍藏的账目，赠送给你吧。我本想在这个世界上创一番事业，大干它二三年，建立些功业，现在真龙天子已经出现，我在这儿没什么作为了。太原的李世民就是真龙天子，三五年内，国家就可太平，李郎应该以你的才华辅佐清平之主，只要你竭心尽智，一定会超过一般大臣，义妹既具有天人之姿，又有非同一般的谋略，你跟着李郎，一定能享荣华富贵。这真是，非义妹不能识李郎，非

李郎不能遇义妹。圣贤之辈开始出现，你们遇上了好时机，真是龙腾虎啸，群英荟萃，这也是理所当然的事。我送给你的这些东西，是让你用来为真主建功立业做些奉献，希望你们多努力。今后十年里，如果东南数千里外发生特殊事情，那就是我实现了愿望的时候，义妹李郎可洒酒为我祝贺。"又对左右手下人说："李郎义妹从今以后就是你们的主人了。"说完，他和妻子戎装骑马而去，只有一个家奴骑马相随，几步后就不见了。李靖住到这里，成为富豪之家。用虬髯客所赠资产帮助李世民创建大业。

到了李世民执政的贞观中期，李靖官至仆射。东南的官员上奏皇帝说："有一千多艘船只，十万多人马进占了扶余国，杀其主而自立，现在国内很安定。"李靖知道，这是虬髯客成功了。回家后告诉张氏，二人向东南洒酒遥拜祝贺。从这件事我们可以看到，大丈夫的兴起，不是英雄所能预料到的，何况还有的不是英雄。有些奸臣贼子谋乱篡权，也只能是螳臂挡车而已。又有人说，卫公李靖的兵法，有一半是虬髯客所传。

（出《虬髯传》）

高季辅

唐朝的高季辅向皇帝痛切陈述治国的得失，唐太宗特意将一剂钟乳赐给他，说："爱卿向我进献了良药一样的忠言，所以我把这药石给你作为酬报。"不久，唐太宗又将一面金背镜赐给了高季辅，以表彰他的清廉正直。

（出《谈宾录》）

苏　颋

唐玄宗时，林邑国进贡了一只白鹦鹉，这只鹦鹉聪明伶俐，在闲暇的日子里，唐玄宗将它用金丝笼子装起来，拿给三位宰相看，玄宗一再称赞这只鹦鹉。当时苏颋刚刚担任宰相，常常以忠诚正直来激励自己，于是上前进言说："《礼》中写道：'鹦鹉能言，终究还是只鸟。'臣下认为陛下应该牢牢地记住这句话。"

（出《松窗录》）

李　绛

唐宪宗时，中官吐突承璀受皇帝恩宠，想要为皇帝立"德政碑"。碑屋已经建成了，碑石也已经磨好了，请求皇帝下令刻写文字。当时李绛担任翰林学士，上奏说："大人应与天地合德，与日月合明。无须立碑来纪念赞美他的德行，恐怕被外人取笑。"唐宪宗认为他讲得很有道理，就下令拆除了碑屋，废毁了碑石。吐突承璀上奏说："碑屋耗费了很多功夫，难以毁拆。"想要坚持自己的主张。唐宪宗说："赶快用牛将碑屋拽倒！"宪宗就是这样纳谏的。

（出《卢氏杂说》）

陆 绩

吴人陆绩担任郁林郡守，离任后，经海上乘船回家。不载金银财宝，船很轻，就用巨石压住，人们将这块石头称为"郁林石"。

（出《传载》）

甄 彬

齐人甄彬有高尚的品格和出色的才能，曾经用一束苎麻作抵押，到荆州长沙西库贷钱。后来赎回苎麻时，在苎麻束中发现了五两金子，用一块手巾裹着。甄彬拿着金子，送还西库。道人非常吃惊地说："近来有人用金子贷钱，时间仓促，没有记录，而先生却将到手的金子送还，恐怕古今都没有你这样的人。"道人要将一半金子给他作为酬报，双方反复推让了十多次，甄彬坚决不接受，并且说道："五月披羊裘负薪，难道是拾遗的吗！"甄彬后来当了郫县县令，将上任时，向齐太祖辞行，当时同时辞行的有五人，齐太祖告诫他们要廉洁谨慎；到了甄彬这儿，齐太祖只是说："爱卿过去有还金的美德，因此不用把廉洁谨慎这些话来告诫你了。"

（出《谈薮》）

高　允

后魏的高允，字伯恭，是燕太尉中郎高韬的儿子，从小就有不凡的气度，博通经史。神嘉年间，与范阳的卢玄、赵郡的李灵、博陵的崔鉴等一起，因为是贤臣的后代，同时被诏征，官拜中书侍郎领著作，与崔浩共同撰书。崔浩被杀以后，因为高允忠直不苟，特地被赦免。高允为人清廉俭朴，虽然多次担任高官显职，但生活十分简朴。高宗驾幸高允家，只见高家只有几间草屋，布被缊袍，厨房中也只有盐菜罢了，高宗叹息说："古代的清官，难道有超过他的吗！"于是赐给他布匹和粮食。

（出《谈薮》）

崔　光

北魏自从太和年间迁都以后，国家殷富，国库充盈，钱绢露积于廊庑间，数不胜数。太后将绢赏赐给百官，让他们自己背负，大臣们莫不量力背负，只有章武王元融和陈留侯李崇背负过多，跌倒在地，扭伤了踝骨，太后就不把绢给他们，让他们空手而出，当时人都讥笑这两人。侍中崔光只取了两匹绢，太后问道："侍中为什么拿得这么少？"崔光回答说："我有两只手，只能拿两匹，这已经够多了。"朝中大臣都叹服崔光的清廉。

（出《洛阳伽蓝记》）

长孙道生

司空上党王长孙道生，是代地人。生性忠谨俭素，虽然位至三公，但住房卑陋。他离京去办理公务之后，他的儿子将房子修葺一新，长孙道生回来后，感叹说："我当宰相，无以报国，愧对朝廷。过去汉朝的霍去病因为匈奴没有被消灭，不治家室，如今强敌还在漠北游荡，我们怎么可以安住在这么华美的房子里呢！"就叫人将新房毁掉，当时的人们将他比作晏婴。

（出《谈薮》）

肃　宗

韩择木上奏祝贺唐肃宗节俭，歌女跳舞没有用绮绣装饰，饮食没有山珍海味，唐肃宗将衣袖展示给韩择木看，说："我的这件衣服已洗过多次了。"

（出《谭氏史》）

卢怀慎

唐朝的卢怀慎，清廉、谨慎、忠贞、朴素，不置家产，家中的器用住房，都非常简陋。显贵以后，妻子儿女还经常挨饿受冻，但他对亲戚朋友周济很多。卢怀慎担任黄门侍郎，在东都掌管官吏的选拔，随身所带的用具，只有一个布袋。后来担任黄门监，兼吏部尚书，有一次病了很久，宋璟、卢从愿经常去探访他。卢怀慎卧在破旧的床上，只有一床单薄的席子，门口也没有帘箔，每当风雨袭来时，就用席子挡着。卢怀慎一直器重宋璟与卢从愿，见了他们非常高兴，让他们留了一整天，让家人准备饭食，只有两瓯蒸豆，几根青菜罢了，此外再没有其他的食物。并且拉着两人的手说："二位一定会出将入相，皇上想把国家治理好的愿望非常迫切，但在位的时间已经很久，近来对国事稍感厌倦，小心有小人趁此而进，你们一定要记住！"没过几天，卢怀慎就去世了。卢怀慎病重时，曾向皇帝上书，推荐宋璟、卢从愿、李杰、李朝隐。皇上看了他的奏章，更加悼惜。卢怀慎去世以后，家中没有什么积蓄，只有靠仆人自己卖身，来安排丧事。皇上到城南校猎，望见村落间有几间破败的房屋，那户人家好像在办什么事情，就派人前去打探，去的人回来说："卢怀慎的祭日，家里人正在给他办斋会。"皇上因此而停止了这次校猎活动，非常同情他的贫寒，就将细绢赏给他的家人。

（出《明皇杂录》）

郑馀庆

郑馀庆清廉俭朴，品德高尚。一天，突然召集亲戚朋友同僚数人来家赴宴，大家都感到惊奇。官员们因为平时都很敬重他，都一大清早就到达了，到了太阳很高的时候，郑馀庆才出来，闲谈了一会儿，大家谈兴正浓时，郑馀庆吩咐手下的人说："告诉厨房的人，烂蒸去毛，不要折断了项脖。”人们互相看了看，认为一定是在蒸鹅鸭之类。一会儿，家人们抬着食盘出来了，酱醋也很香新，过了很久，人们进餐时，每人面前只有粟米饭一碗，蒸葫芦一枚。郑相国吃得津津有味，人们也只好勉强进食。

（出《卢氏杂说》）

郑浣

郑浣勤俭朴素。他担任河南尹时，有位堂孙来拜访他，这位堂孙以务农为生，没有来求过他，行礼时礼节不规范，身上系的衣带也很土气。郑浣的子孙仆人都笑话他粗鲁，只有郑浣怜爱他，问他有什么要求，堂孙说：“我们家乡的百姓盼望很久了，希望我当一个县尉，可以荣耀乡里。”郑浣认为他的话很对，当时郑浣的清誉美德是众望所归的，他只要给郡守写一封信，办成这事是易如反掌的。郑浣的堂孙临去上任的前一天，郑浣召集孙侄与他一起进餐。餐桌上有蒸饼，堂孙将蒸饼上的皮剥掉，然后才吃，郑浣非常生气，说：“饼皮与饼心有什么区别呢？我曾经痛恨世俗的奢靡之风，经常想着要返璞归真，敦厚风俗，因此我非常同情你辛辛苦苦务农却穿着破旧的衣服，想必你一定知道稼穑的艰难，为什么奢侈浪费比五侯家的纨绔子弟还要严重呢？”于是打手势要他将丢弃的饼皮捡起来，郑浣的堂孙惭愧无比，将饼皮捡到盘中递给郑浣；郑浣将饼皮洗干净吃了，于是拱手施礼将堂孙安排到旅店，送了五匹细绢将他打发回家了。

（出《阙史》）

温璉

幽州从事温璉，是燕地人，因为精通儒学而著名，与瀛王冯道从小就相好。战乱时，有一个人在街上出卖漆灯架，温璉以为它是铁做的，就用几文钱将它买下。过了几天，家里人要用灯架点蜡烛，擦拭灯架时，才知道是银子做的。家里大人小孩见了，都很高兴，只有温璉很同情地说："不义之财，怎么能够当做宝贝呢！"于是就访到了那个卖主，要将灯架还给他，卖主说："我本来就不认识珍宝，已将灯架在街上卖给了你，官人出的价格也不低，并不是强行买走的，我不敢再要这个灯架了。"温璉坚持要将灯架还给他，那人揖拜以后，才收下灯架离去，另外卖了四五万钱，要将一半钱送给温璉以表谢意，温璉始终不接受；那人就将银钱送到了寺庙，用来装饰佛像，希望为温璉祈祷福寿。当时，远远近近的人们没有不敬服温璉的，认为他有仁人君子的品行。温璉后来官至尚书侍郎才去世。

（出《刘氏耳目记》）

汉世老人

汉代有个人，年老无子，家里很富有，但为人吝啬，穿着破旧的衣服，吃着粗劣的食物。大清早就起床，很晚才休息，苦心经营自己的家业，聚敛财富从不满足，又舍不得用。有人向他乞讨，老人不得已进入屋内，拿来十文钱，从厅堂出来，走一步就扔掉一枚，等到走到屋外，只剩下半文钱了，老人闭着眼睛将钱递给乞丐，不久又叮嘱他说："我倾家荡产都给了你，千万不要对别人说，免得他们效仿你又来乞讨。"老人不久就死了，田产房屋都归了官府，钱财也交到了国库。

（出《笑林》）

李 崇

北魏的高阳王元雍，性喜奢侈，喜食美味，厚自奉养。一餐就要吃掉几万钱，山珍海味，陈列于前。陈留侯李崇对人说："高阳王一餐的开销相当于我千日的花费。"李崇任尚书令仪同三司，也富甲天下，僮仆千人，但为人吝啬，穿着破旧，饮食粗劣，餐桌上常常没有肉，平时只吃炒韭菜和腌韭菜。李崇家的门客李元祐对人说："李令公每餐吃十八样菜。"人们问其中的缘故，李元祐回答说："二

韭十八。”听了的人都捧腹大笑。

(出《洛阳伽蓝记》)

鲍子都

魏国的鲍子都，有一天傍晚在野外行走，遇见一位书生，书生突然心痛，鲍子都连忙下马，为书生按摩心口。不久，书生死了，鲍子都看见他的行囊中，有素书一卷，十个金饼，就卖掉了两个金饼，用来安葬书生，其余的金饼都枕在书生的头下，将素书放在书生的腹旁。过了几年，鲍子都正在赶路，有个人骑着马追他，赶上以后，认为鲍子都是强盗，坚持问他儿子的尸体在哪里，鲍子都一一告诉了他。于是鲍子都就带着那人前往，打开坟墓，取出书生的尸体归葬，那人看见有八个金饼在儿子的头下，素书一卷在儿子的腹旁，全家人都很感激鲍子都的大恩大德。鲍子都从此声名大振。

(出《独异志》)

狄仁杰

狄仁杰，太原人，任府法曹参军。当时同僚郑崇资的母亲年老多病，郑崇资将被派往很远的地方任职，狄仁杰对他说：“老夫人病得很重，您又将远赴外地任职，难道可以让你母亲为你的远行伤心流泪吗？”狄仁杰就请求代替郑崇资赴远地任职。

(出《谈宾录》)

李宜得

李宜得本来是个身份低的人，有一次背着主人逃跑了。当唐玄宗起兵平乱时，他与王毛仲等人一起立下战功，李宜得官至武卫将军。昔日的主人在路上遇见了李宜得，赶快跑开躲避他，不敢抬头看他。李宜得命令手下的人将他叫来，主人非常惶恐，到了李家，李宜得请他上座，亲自捧着酒食，昔日的主人吓得汗流浃背，推辞不敢接受。李宜得将主人留住数日，向朝廷上奏说："臣下承蒙国恩，享受着非分的荣禄。臣下昔日的主人地位卑微，毫无俸禄，臣下请求将我的一半官俸给我昔日的主人，请求陛下满足我的心愿。"皇上赞赏他的想法，提拔他的主人为郎将，李宜得享受原有的俸禄，朝廷因此而赞美李宜得。

(出《朝野佥载》)

裴　度

唐宪宗元和年间，有一个人新被任命为湖州录事参军，尚未赴任，遇上了盗贼，将他的行李财物盗窃一空，任命书和公文也全被盗走了。于是他就到近邑去乞讨、借贷，然后回到旅店，这家旅店毗邻裴度的府第。当时裴度正在休假，于是到府第的附近微服出游，就来到了这家旅店，与新任官员相揖而坐，并与他谈话。裴度问他前往哪里，那人说："我的苦事，人们都不忍听。"说着就流泪了，裴度非常同情他，就细细地问他是怎么回事，那人回答说："我在京城为官数年，被调到湖州任职，遇上强盗，公文钱物荡然无存，只捡回一条小命，这也是小事罢了。我将要娶妻，但妻还没迎进门，被当地郡守强行抢走，献给宰相裴公，裴公位高权重。"裴度说："你的未婚妻姓什名谁？"那人回答说："名叫黄娥。"裴度当时穿着有钱人常穿的紫色的裤衫，就对那人说："我就是裴公的亲信校尉，试着为你去打探一下。"于是就问了他的姓名走了，那人又后悔，想道："这个人或许是裴公的亲近之人，如果回去告诉裴公，我一定会招来祸患。"那人寝不安席，等到天亮来到裴公府第的旁边侦察，裴公已经进屋去了。到了晚上，有官吏来到旅店，显得急急忙忙的，称说是裴公召见。那人非常惶恐，仓促与官员一起前往，到了裴公府第，不久就被请入小客厅，那人拜伏在地，汗流满面，不敢仰视。裴公请那人坐下，那人偷偷一看，面前的人就是昨天穿着紫色衣服的军官，于是再三施礼，裴公说："昨天所说的话，确实令人同情，今天暂且慰解你的忧心！"就让人从箱子中拿出任命书交给他，再次将他派往湖州任职，那人欢喜雀跃，裴公又说："黄娥将会与你一同赴任。"特地下令将黄娥送到他住的旅店，打发一千贯钱的行装，与他一起赶赴任所。

（出《玉堂闲话》）

匈奴使

魏武帝曹操将要会见匈奴的使者，但他认为自己的形象丑陋，不足以给边远的国家留下良好的印象，便叫崔秀珪来代替，自己在旁边持刀侍立。会见结束后，他派使者问匈奴的使者：“魏王怎么样？”使者说：“魏王的形象非常好，然而他身旁的侍者才是个真正的英雄啊！”魏王听了，派人骑马追上这个使者，将他杀了。

（出《商芸小说》）

村　妇

唐昭宗李晔被梁主撵走之后，岐、凤等各州都蓄备了很多兵，放纵士兵抢掠以自给。成州有一个偏僻的村子，很富裕。军官派了二十多名骑兵夜间去掠夺。他们突然闯进一户人家，这家人没有敢说话的。丈夫被捆绑，那些骑兵搜寻到满意的东西就放进皮口袋中。搜完了东西，便杀猪杀狗，让这家妇女做菜肴，供他们饮酒玩乐。这家曾收过莨菪子，妇女拿了一些捣碎了，像辣椒面似地放在食物中，那些人吃完了便喝酒。于是，药力发作，竟从腰上拔出剑掘地，嘴里说：“马进地下去了。”有的要跳入火中，有的要投

入水里，疯癫一通后都躺倒了。妇女先给丈夫解了绑，又去拿了军人的剑，把二十多人一一杀死，而后挖坑埋了。把马让人赶到官道上，用鞭子给赶散了。这件事没人知晓，直到由于挖掘土地，事情才泄露出来。

（出《玉堂闲话》）

安重霸

前蜀时，简州刺史安重霸贪得无厌。州中百姓中，有一位姓邓的油商，能弈棋，家中也比较富裕。安重霸将他找来对弈，只让他站着弈棋不许坐下。邓油商每布下一子后，安重霸立即让他退到西北窗下站在那里，待自己盘算好棋路，才布子。下了一天不过只布下十几个子罢了。邓油商又累又饿，几乎到了体力支持不住的程度。第二天，安重霸又派人召见邓油商继续弈棋。有人告诉邓油商说："这个刺史喜爱受贿，他找你的本意不是为了弈棋啊！你怎么不向他献上贿赂而求得不去呢？"邓油商听了这个人的话，献给安重霸白银三锭，这才免去站着弈棋之苦。

（出《北梦琐言》）

武承嗣

周朝补阙乔知之的婢女碧玉长得娇艳美丽，并且能歌善舞，又会写文章，乔知之特别宠爱。为此他没有婚娶。魏王武承嗣要暂时借她去教他的姬妾们梳妆，去了之后便纳为妾，再也不放她回来了。乔知之于是写了《绿珠怨》寄给碧玉，诗写道："石家金谷重新声，明珠十斛买娉婷。此日可怜偏自许，此时歌舞得人情。君家闺阁不曾观，好将歌舞借人看。意气雄豪非分理，骄矜势力横相干。辞君去君终不忍，徒劳掩袂伤铅粉。百年离恨在高楼，一代容颜为君尽。"碧玉得到诗后，哭了三天不吃饭，投井而死。武承嗣捞出尸体，在裙带上得到此诗，大怒，便暗示让人虚构罪状控告乔知之，并在南市斩了他，没收了他的全部财产。

（出《朝野佥载》）

冯涓

冯涓，是前唐朝的名流。学识渊博，曾考中进士，官至高位。有一回，唐朝皇帝去梁洋，冯涓随驾同行。到了汉中，皇上下诏任命他为眉州刺史。他去赴任，进到蜀地却遇上蜀主的军队而被俘，蜀主王氏将他强留于幕府中。冯涓的性格耿直不屈，恃才傲物，不肯与蜀主和好。他知道蜀主别有图谋，因此什么事也不肯答应。有人来赠送锦帛绸缎，他都锁在柜子里，上面写上"贼物"。蜀主虽然知道，但爱其才学，每次都极力忍住了。有时也难以容忍，曾数次将他以礼请出院，想抓而杀之，但他丝毫没有惧色。后来朱梁朝派遣使者送信给蜀主，蜀主就命令韦庄等人，草拟回信呈上，可是蜀主看后都不甚满意。左右说："不妨叫前朝察判冯涓去办这件事。"蜀主又觉得有愧色，而梁朝的使者将要回去禀报，不得已，蜀主只好请冯涓来办，当时亟需一答书，冯涓提笔一气呵成。蜀主看了很是满意，于是恢复了从前的欢悦。因而召各衙门的人一起来参加宴会。在喝酒的中间，冯涓整整衣襟恭敬地说：“偶然想起一段佳话，想对大王讲讲，可以吗？”蜀主允许了，于是他便讲道：“我年轻的时候，多次到各地去拜访诸侯。每次出去，都要带上许多赠送人的书简，驴也得驮，马也得驮。刚上路时，驴子又叫又跳地撒欢，跟马抢路跑在前面，不能制止它，走了半天后，遇到上坡，驴子力竭而蹄软，遍体流汗，回头对马说：‘马兄啊马兄，我走不动了，可以替老弟驮上这些书吗？’马答应了它，于是把书全放在马背上。马也回头对驴子说：‘驴弟，我还以为你有多少能耐呢，终究还都压在老兄身上了吧！’”蜀主听后大笑。同僚们都遭到他的戏谑。到蜀主建国之后，冯涓到底也没肯做宰相。

（出《王氏见闻录》）

伍子胥

伍子胥屡次规劝吴王，结果把吴王惹火了，赐给他一把属镂剑，让他自杀。伍子胥临终前告诫他的儿子说：“我死后，把我的脑袋悬挂在都城的南门上，我要亲眼看见越兵的到来。另外，用鮧鱼皮裹住我的尸身，投进江中，我要早晚乘潮而来，亲眼看见吴国的失败。”从这一天开始，自海门山往这里，潮头汹涌异常，比往日高数百尺，一直越过钱塘江入海口的渔场，才渐渐变小。那潮头每天早晚两次，其声音如同人之震怒，雷鸣电闪般地涌过去，足有一百多里。当时，有人看见伍子胥乘着白车白马站在潮头之上，所以为他修了一座庙来祭祀他。庐州城的淝河岸上，也有一座子胥庙。

每天早晚涨潮时，淝河的水也愤怒地鼓涨起来，一直涌到庙前。那浪头有一二尺高，十余丈宽，一顿饭的工夫才能够平息下来。老百姓说："这是它与钱塘潮相呼应啊！"

（原阙出处，黄本作出《钱塘志》）

狄惟谦

唐武宗会昌年间，北都晋阳县令狄惟谦，是狄仁杰的后代，为官清廉，忠于职守，不畏强暴。所辖境内，从春天到夏天，烈日炎炎，出现了旱灾，数百里农田庄稼全都干枯而死，到晋祠里祈雨又毫无反应。当时有个郭天师，是并州的一个女巫。她自小攻习符箓之术，经常用符咒制胜。监军使把她带到京城后，由于她攀交宫中的权贵，时时出没于皇宫，便被赐给了"天师"的称号。不久又回到了并州老家。众人都说："如能请天师来一趟晋祠，那就不愁求不到雨了。"狄惟谦请求北都府主帅出面去请，开始他很为难，惟谦又一再请求，主帅便亲自前去迎接。女巫连声应诺，便准备车马，排列旌旗伞盖之类的仪仗，由狄惟谦亲自为她驾马。接到晋祠后，隆重地摆设祭礼用的供品与帐幔等物，狄惟谦等人则在院子里弯腰致敬，恭恭敬敬地侍候。第二天，女巫对狄惟谦说："我为你发一道符到天上去请雨，现已接到天帝的旨意，你们必须心意至诚。三天之后就会降下足够的雨来。"于是，四面八方的士官与百姓都聚集到这里。三天期满了，毫无降雨迹象。女巫又说："因阴阳之气不和而产生灾害，实因县令无德所致。我为你再一次禀告天帝，七天之后才有雨。"狄惟谦感到内疚，对她供奉得更加恭敬。七天以

后，竟然还是没有一滴雨下来。女巫便突然要回并州。狄惟谦再三挽留道："天师既然为了万民百姓已经来到这里，那就再次求您尽心尽力祈雨。"女巫勃然大怒，骂道："好个平庸无知的官人，根本不知道上天的道理。天时气候不肯下雨，还要留我在此干什么？"狄惟谦拜谢道："并非还要麻烦天师，只是要等到明天，以便为您饯行而已。"于是，狄惟谦在当晚就告诫手下人道："我被女巫羞辱，怎能再提当官的事呢？明天早上我有所安排，你们都必须服从。是对是错，是好是坏，由我自己承担。"等到天亮，门还没打开，郭天师就把回并州的马备好了，而狄惟谦却酒饭佳肴一样没给她送来。郭天师便坐在堂屋里大肆呵斥责备。狄惟谦便说："好个邪道女巫！你妖言惑众多日，理当死在今天，怎么敢说要回去！"他喝令手下人在神像前抽打女巫后背二十鞭子，然后扔到河流中。祠庙后面有座山，有十丈高。他即刻令人设供烧香，又将跟随他的吏卒全部打发回家，自己穿上官服手持笏板站在山上。于是全城的人为之一振，都说县令用棍子打死了天师，奔走相告，纷纷来看，围观群众挤到一起像一堵大墙，此时砂石飞滚，大风呼啸，一片乌云突然升起，大小犹如车篷。这片乌云先遮在狄惟谦独立的上方，四面的云彩又汇合到一起。几声雷响之后，渴望已久的雨便倾盆而下。州府将领因为狄惟谦杀死女巫，开始也很恼怒，后来为他的精诚所感动，又大加赞赏，就将这件事上表报告给朝廷。皇帝颁布诏令褒奖这件奇异之举说："狄惟谦是治理县邑的良才，忠臣贵族的后代。眼见如此严重的天灾即将残害百姓，理当去晋祠祈祷求雨；他效仿西门豹治邺时投巫于水中之举，将女巫投在河里。他站在山顶忍受烈日之曝晒，这事等于火中焚身；这种举动唤来了天边的浮云为之降雨，就像商汤剪爪求雨而感动上天一样。于是，致使干旱的热风潜踪平息，润泽万物的甘霖顿时流下。苍天犹能体察他的精诚，我怎能不褒奖他的善举。特发大红官服，以增添其铜质官印的光彩。不许损毁其声誉，更要表彰其非凡的业绩。"于是赐给他五十万钱。

（出《剧谈录》）

鬼谷先生

鬼谷先生是战国晋平公时人，因为隐居在鬼谷山中，就用鬼谷做了他的名字。鬼谷先生原名叫王栩，曾住在清溪山里。战国时的苏秦、张仪曾向鬼谷先生学习"合纵连横"的策略。他俩打算去游说各国的诸侯，用狡诈和斗智互相倾轧争夺，而不是用道家的主张去感化诸侯，消除征战和纷争。这是因为道家的理论是非常深奥玄妙的，一般的平庸之辈不可能得到道家的真传的。鬼谷先生因为他尊崇的道学越来越不被人理解接受而十分悲痛，常常一面流着泪一面给苏秦、张仪讲解道家理论。但苏秦、张仪始终不开窍。后来他俩学成离开鬼谷先生，先生脱下一只鞋，那只鞋变成了一只狗，这狗带着苏、张二人向北走，当天就到了秦国。

鬼谷先生专心致志地修道，为人朴实无华，从不锋芒毕露。在世间活了好几百年，后来不知去了哪里。秦始皇在位时，西域的大宛国有很多含冤而死的人横卧在野外道旁。有一种鸟衔来了一种草，盖在死人脸上，死人就复活了。官府把这件事报告秦始皇，秦始皇就派人带着那种草去请教鬼谷先生。鬼谷先生说："大海之中有十座仙洲，它们是祖洲、瀛洲、玄洲、炎洲、长洲、元洲、流洲、光生洲、凤麟洲、聚窟洲，这种草是生长在祖洲的不死草，又名叫养神芝，它的叶子像菰米茭白，只单独生长，不是一丛丛地生长。一株不死草，就可以救活上千人。"

（出《仙传拾遗》）

唐太宗

贞观五年，唐太宗对长孙无忌等人说："我听说君主贤明臣下就会忠直，人们原本都不了解自己，你们评论一下我的得失。"长孙无忌说："陛下武功文德，旷绝古今，发号施令，都有利于社稷百姓，我们遵命执行惟恐不及，确实没发现陛下有什么失误。"唐太宗说："我想听听自己的失误，你们尽拣好的说，今天我想当面谈一谈各位大臣的得失，以为鉴戒。言者无过，闻者足戒。"于是唐太宗说："长孙无忌善于筹算，应对敏捷，与古人相比，也毫不逊色；兵机政术，恐怕不是他所擅长的。高士廉涉猎古今，心术聪悟，临难不改节，做官也不拉帮结派，但缺少耿介不善于进忠言。唐俭口齿伶俐，善解人意，喜欢在酒桌上高谈阔论，但侍奉我三年，没有一句话是谈论国家兴亡大事的。杨师道为人单纯善良，确实没什么过错，然而为人怯懦，不怎么管事，急缓不可得力。岑文本为人敦厚，擅长作文，发表见解常常引经据典，当然不会违背义理。刘洎刚毅果敢，言谈多涉及利益，然而喜欢感情用事，对朋友很讲信用，能自己改正缺点，这正是应该提倡的！马周判断事物机敏快捷，为人刚直不阿，至于品人论事，喜欢直言不讳，我交代的事情，他大多能办得称心如意。褚遂良比较擅长学问，为人刚强、正直、真诚，对我非常亲附，好像飞鸟靠近人，自然对他格外怜爱。”

（出《唐会要》）

买粉儿

有一户人家，十分富裕，家里有个独生儿子，平日里娇生惯养。孩子长大了，常到市场游逛，看到有个卖粉的女子长相美丽，便爱上了她，因为无法向对方表达，便假托买粉，天天去市场，买完粉就走。开头谁也不说什么，时间长了，女子怀疑起来。第二天再来时，她便问道：“先生买了这粉，要往什么地方用？”答道：“心里喜欢你，自己不敢说，但又总想见到你，所以借着买粉的机会天天来看你的好模样而已。”女子听了很不好意思，但心里很受感动，于是私下相许，说定明晚相会。那天夜晚，男的睡在正屋，耐心等待女子到来。女子果然到了，男的不胜欢悦，他抓住女子的胳膊说：“多日的愿望如今终于实现了！”由于内心狂欢激动，死了过去。女子极为惶恐，不知所措，便跑了，天亮时回到粉店。吃早饭的时候，父母见儿子还没起来，感到奇怪，过去一看，人已经死了。入殓的时候，在儿子的一只箱子里发现一百多包粉，每包的大小都一样，母亲便说：“一定是这些粉杀了我儿子！”于是到市场上逐个店铺地买粉，买到这个女子家时，拿来一比照，与儿子的粉完全一样，于是抓着她问道：“你为什么杀了我儿子？”女子听了，呜呜咽咽地哭起来，并把真实经过叙述一遍。男孩父母不相信她的话，便把此事告到官府。公堂对簿时，女子说：“他既然已经死了，我难道还舍不得一死吗？只求让我到他尸首前尽尽哀悼之情。”县令答应了她的请求。女子来到死者面前，抚摸着尸体放声恸哭道：“想不到竟有如此的不幸！如果死魂有灵，知道我不曾害你，我死了有什么遗憾呢！”男儿豁然苏醒过来，叙说了事情的原委。两人便结为恩爱夫妻，后来子孙满堂。

（出《幽明录》）

懒残

懒残，唐玄宗天宝初年在衡岳寺干杂役的僧人。别的和尚吃完饭以后，他就收拾吃剩的饭菜吃，因为性懒而又捡残饭吃，所以被称为懒残。白天，懒残专做庙里的杂活，晚上，就与牛群相伴而眠，没有一点厌倦的神色，就这样过了二十年。当时，邺侯李泌在庙里读书，看到懒残的所作所为，就说：“这是个不平凡的人。”半夜，听到懒残念经的声音，响彻山林，李泌精通音乐，能辨别音乐中表达的情感，他认为懒残念经的声音一会儿凄惋，一会儿喜悦，以为他一定是个被贬谪到人间的神人。过了一段时间，李泌即将离开这个寺庙，有一天半夜，李泌悄悄地去拜访懒残，到了懒残的门口，李泌通报了姓名，并拜揖施礼，懒残大骂，仰空而唾，说："这是害我啊！"李泌更加敬重懒残，只是一个劲儿地行礼。懒残正拨牛粪火，取出火中的芋头吃起来，很久才说："请坐在地上。"说完，将吃了一半的芋头递给李泌，李泌双手接着，把芋头吃完了，并对懒残表示谢意。懒残对李泌说："千万不要多言，你能当十年宰相。"李泌揖拜而退。

过了一个月，刺史祭岳，礼仪很隆重，半夜里，忽然又是刮风，又是响雷，一座山峰崩塌了，山边的一条小路被一块大石头拦断了，刺史就用绳子绊着巨石，让十条牛在前面拉，又叫几百人喊着号子在后面推，牛和人用尽了全力，而石头一动也不动，真是一点办法也没有。懒残说："不须用人推，我去试试。"人们都大笑，认为他是疯子，懒残说："何必笑话我，让我试了就知道了。"庙里的和尚笑着准许了他。懒残于是将石头踩动，忽而石头转盘而下，滚落的声音像打雷一样。山路开通了，和尚们都对他顶礼膜拜，郡中人都称他为"至圣"，刺史对他敬若神明。懒残很平静，并想离开这个地方。寺外的虎豹，忽而成群结队，每天出来伤人，没有办法禁止，懒残说："给我一根木棍，我为你们赶走虎豹。"人们都说："巨石都能够推开，虎豹应当很容易制服。"人们就将荆木棍交给懒残，都静静地站在旁边观看。懒残刚一出门，人们就看见一只老虎衔着他走了。懒残离开以后，虎豹也绝了踪迹。后来，李泌果真当了十年宰相。

（出《甘泽谣》）

公孙圣

春秋时期，吴王夫差无缘无故地杀了他的臣子公孙圣。后来，越国攻打吴国，吴王失败逃跑，对太宰伯嚭说："以前我杀了公孙圣，将他扔到了胥山之下。今天，我们要经过那里，我上畏苍天，下愧大地，我举足不能前行，心里不忍前往。你在前面大声喊，如果公孙圣还在那儿，肯定会应声。"伯嚭就登上余杭山，大声喊道："公孙圣！"公孙圣在上面大声答应着："在！"三呼三应，吴王非常恐惧，仰天长叹说："苍天啊，我还能回去吗！"吴王就死在那儿，没能回国。

（出《还冤记》）

宋皇后

东汉灵帝的宋皇后，灵帝不宠爱她却让她当了皇后，后宫的宠姬们都诋毁她。起初，中常侍王甫冤杀了渤海王刘悝和他的妃子，王妃就是宋皇后的姑母。王甫害怕宋皇后怪罪自己，就与大中大夫程何一起诬陷宋皇后用巫术暗中咒诅灵帝。汉灵帝信以为真，就收回了宋皇后的玉玺和绶带，宋皇后被打入冷宫，忧愤而死，皇后的父亲及兄弟都被杀了。那些在宫中的宦官，都同情宋皇后无辜遭殃。灵帝后来梦见他的父亲桓帝对他说："宋皇后有什么过错，你听信小人的谗言，让她丧了命。过去渤海王刘悝，既已自贬，又被诛杀。如今宋皇后和刘悝都到天庭告状，上帝震怒，你罪责难逃！”这个梦境很清晰，汉灵帝醒来后非常害怕，就这件事问羽林左监许永：“这是什么征兆？有什么办法可以消灾吗？”许永叙说了宋皇后及渤海王刘悝无辜遭殃的情况，并请求将他们改葬以安冤魂，恢复宋家的荣誉，恢复渤海王的封号，以消除灾咎。汉灵帝没有采纳，不久就驾崩了。

（出《还冤记》）

王 宏

东汉的王宏，字长文，任扶风太守，与司徒王允一起被李耒等

人杀害。王宏平常与司隶校尉胡伸不相友善，胡伸就公报私仇要害死他。王宏临死前叹息说：“胡伸你这小子，不要幸灾乐祸，灾祸也会落到你的头上的。”后来，胡伸得了病，头抬不起，眼睁不开，像睡觉一样。看见王宏拿着大棒来打他，几天后就死了。

（出《还冤记》）

廖有方

廖有方，元和乙未年落第去蜀郡游玩，到宝鸡的西面，住在公馆里，忽然听到呻吟声，仔细一听又听不见了。他在一间房里，看到有一个潦倒的年轻人正病着，廖有方就问他得了什么病，准备去哪里，那年轻人挣扎着回答说：“辛辛苦苦考了几次，没遇到知音。”说完，年轻人看了看廖有方，就连连叩头，很久才说：“只把残骸相托，其余的话就不多说了。”廖有方准备想办法救他，那年轻人不久就死了。廖有方就将自己骑的马便宜卖给村中的土豪，买了棺材将年轻人安葬了。他遗憾的是不知道那个年轻人的姓名，考虑到同是赶考的人，途中夭亡，就给他写墓志铭：“嗟君殁世委空囊，几度劳心翰墨场。半面为君申一恸，不知何处是家乡。”后来，廖有方从西蜀回来，取道东川路，到了灵龛驿，驿站的军官将他接到自己家里。看到驿将的妻子穿着白色的丧服，对廖有方一边施礼，一边哽咽，情不可抑，难以启齿，好像是亲人一样。廖有方在那里逗留了半个月，所骑的马被主人喂得饱饱的，主人用美味佳肴招待他，充分体现了主人和客人的情意。廖有方不知是怎么回事，心中十分不安，临分别时，驿将的妻子又悲悲戚戚的哭涕，将一驮价值数百金的上好缯锦送给廖有方，驿将说："你今年春天埋葬的胡绾秀才，是我妻子的兄弟。"廖有方这才知道死者的姓名，并谈起了死者生平的事。廖有方对送给他的东西始终不接受。而驿将和他的妻子坚持要拜谢，廖有方推辞说："我是大丈夫，略知古今事，偶然葬一同命人，不应当接受这么丰厚的惠赐。"廖有方告辞骑马前行，驿将骑着马相送，经过了一个又一个驿站，还舍不得分手，廖有方不要送给他的东西，驿将硬拉着他的衣袖强行给他，结果都不要那些东西，他们就将那些东西丢在山林中。父老乡亲将这件事报告州里，州里将这件事上报朝廷，文武百官都愿意结识廖有方，互相介绍引见。第二年，李逢吉主持科举考试，廖有方考中进士，改名游卿，远近闻名，廖有方是唐朝有名的义士。那个驿将名叫戴克勤，上报本地官府，连连升职。戴克勤重义气，与廖有方一样声名远播。

（出《云溪友议》）

郑畋

郑畋字台文。父亲郑亚，曾任桂管观察使。郑畋出生在桂州，小名叫桂儿。当时西门思恭为监军，朝廷下诏让他进京，郑亚在北郊设宴为他饯行，郑亚认为自己已经年老，就将郑畋托付给西门思恭，说："今后请关照我的桂儿，九泉之下，不敢忘记你的恩德。"说完，潸然泪下。西门思恭记着这件事，他任神策军中尉时，郑亚已经去世。西门思恭派人召来郑畋，让他住在自己的家里。当时郑畋还未成年，西门思恭很疼爱他，像对待自己的甥侄一样，并且选派老师教导他。郑畋后来担任将相。黄巢进入长安以后，西门思恭逃难到终南山，郑畋用自己的家财招募勇敢的人，找到了西门思恭，让他住在岐下，小心侍候，美食款待，像对待自己的父亲一样。西门思恭在郑畋家中去世。郑畋将他安葬在凤翔西岗，在坟旁亲手种植了松柏。不久，郑畋也去世了，葬在西门思恭的附近。百官造了两个土台凭吊他们，没有不落泪的，都叹服他们的仁义。

（出《北梦琐言》）

赵　云

蜀国的赵云，字子龙，身高八尺，姿容雄伟。担任刘备部队的前锋，一次被曹操的军队包围，赵云就大开城门，偃旗息鼓。曹操怀疑有伏兵就率领军队撤退。赵云命令将士在后面射箭，曹操的军队大乱，死伤很多。第二天，刘备前来，视察前天的战场，说："子龙真是一身都是胆啊！"

（出《赵云别传》）

吕　蒙

吴国的吕蒙跟随姐夫邓当临阵杀敌，当时只有十六岁，大喊着向前冲锋，邓当拦不住他。吕蒙回家以后对母亲说："贫贱是不能忍耐的，如果能立下战功，就能求得富贵。"又说："不入虎穴，安得虎子！"后来果然成就了大的功名。

（出《独异志》）

杨大眼

北魏的杨大眼，是武都氐人，杨难当的孙子，年轻时就有胆量有勇气，跳走如飞。高祖南征，李冲任选征官，杨大眼要求参加南征，李冲不同意，杨大眼说："尚书大人不了解我，我为您露一手。"便用一根三丈长的绳子，系着自己的发髻猛跑，绳子被拉得笔直，像射出的箭一样，骑着马也赶不上他，见了的人无不惊叹，李冲说："千年以来，没有跑得这么快的人。"于是任命他为军主，不久升为辅国将军。王肃初归国时，对杨大眼说："在南边听说了您的威名，认为你的眼睛像车轮，今天见了面，才知道跟一般人的眼睛没什么两样。"杨大眼说："如果两军对阵，旗鼓相望，瞪着眼冲锋陷阵，足够使你亡魂丧胆，眼睛何必要像车轮那么大呢？"当时的人都说杨大眼勇毅果敢，认为张飞、关羽也不过如此。

（出《谈薮》）

费　祎

有一次，孙权接待蜀国的使者费祎，预先告诫群臣，蜀国的使者到了以后，只管埋头吃饭，不要抬头。费祎到了后，孙权停止吃喝，群臣们却只顾吃而不抬头。看到这种情形，费祎嘲弄说："凤凰来翔，麒麟吐哺。驴骡无知，伏食如故。"诸葛恪说："爰植梧桐，以待凤凰。有何燕鸟，自称来翔，何不弹射，使还故乡。"人们都称赞他回答得巧妙。

（出《启颜录》）

滕蒋二王

唐朝时，滕王婴、蒋王恽都不能廉洁自律。皇帝赏赐各位诸侯王，召来了五王，没有赏赐滕、蒋二王，皇帝说："滕叔蒋兄，自有生财之道，不需我赏赐财物。把一些麻线给他们作为钱贯。"滕、蒋二王非常惭愧。朝臣们莫不以此自励，都以贪赃受贿为耻，没有人敢违犯。

（出《朝野佥载》）

秦叔宝

唐太宗每次临阵指挥，望见敌军中的骁勇将士，炫耀人马，进

出阵中，非常担心，总是命令秦叔宝去挑战。秦叔宝接受命令，跃马出阵，拿着枪前冲，一定能够在万众之中刺中敌人，敌人人仰马翻。到后来秦叔宝经常发病，就对人说："我戎马一生，前后经历了两百多次战阵，屡受重伤，算来我流的血也有几斛了，怎能不发病呢？"

（出《谭宾录》）

薛仁贵

唐太宗征辽东，亲临指挥。薛仁贵穿着白衣，握着兵器，张开弓箭大声呼喊，所向披靡，唐太宗对他说："我高兴的不是得到辽东，而是得到了爱卿。"后来，薛仁贵率军在云州抗击突厥，突厥人先问唐军的主将是谁，人们说："薛仁贵。"突厥人说："我们听说薛仁贵被流放到会州死了，怎么能够复活呢？"薛仁贵脱下头盔给他们看，突厥人看了以后，大惊失色，下马便拜，接着就退走了。

（出《谭宾录》）

柴绍弟

唐朝人柴绍的一个弟弟，有勇力，轻灵迅捷，跃身登高，好像飞起来一样，跃出十多步才停止。唐太宗令他取来赵公长孙无忌的马鞍，并且先告诉长孙无忌，叫他小心防备。有一天夜里，有个像鸟一样的东西，飞到了长孙无忌的屋里，拿了长孙无忌的马鞍就跑了，追也追不上。唐太宗又叫他取来丹阳公主的镂金函枕，他飞入公主的内房，用手捻土放到公主的脸上，公主抬头，他就用其他的枕头将镂金函枕换走了，天亮后，公主才发觉。他曾经穿着吉莫靴走上砖城，将达女墙时，手无攀援，又用脚蹬着佛殿柱，爬到檐头，顺着屋上的椽子，越过百尺的楼阁，没有一点困难。唐太宗认为他很奇特，说："这个人不能住在京城。"派他到外地任职，当时的人们称他为壁龙。

（出《朝野佥载》）

程知节

唐朝时，裴行俨与王世充作战，裴行俨首先跃马出阵，被流矢射中，摔倒在地。程知节前去救他，连杀数人，王世充的军队后撤。程知节就抱着裴行俨，两个人合骑一匹马返回本阵。王世充的骑兵赶上来，举槊便刺，槊刺空了，程知节回身，将敌人的槊夺过来折断，将敌骑杀死，与裴行俨一起安全返回。

（出《谈宾录》）

彭博通

唐朝的彭博通，是河间人，身高八尺。曾经在讲堂的台阶上，临阶而立，将一只鞋子用臂夹住，叫有力的人从后面扯鞋，鞋底被扯断了，彭博通站在那儿一动也不动。有一次，牛拉着车正往前走，彭博通抓住车尾，将车拉退了几十步，车辙左右摇摆深达二尺，车都被拉破了。他曾经在瓜步江游泳，当时江上正刮大风，有一艘船张帆疾驶，彭博通拉住船的尾缆，船不能够前进。

（出《朝野佥载》）

王　勃

王勃字子安，六岁时就能写文章，文词清丽，结构精巧。十三岁时，他前去江西看望父亲，遇上府帅在滕王阁大宴宾客。当时府帅的女婿很会写文章，府帅想在客人们面前夸赞女婿，就让女婿预先构思好《滕王阁序》，准备等客人到齐后就拿出来，好像是刚刚离席写成的一样。到了举办宴会时，府帅就将纸笔交给客人，客人们都推辞，轮到王勃，王勃就接受了。府帅觉得违背了自己的意愿，对王勃的不谦让很生气，就派人站在旁边看着王勃写，开始的时候，有人向府帅报告说："南昌故郡，洪都新府。"府帅说："这两句也不过是老生常谈罢了。"人们接着报告说："星分翼轸，地接衡庐。"府帅半天没作声。人们又报告说："落霞与孤鹜齐飞，秋水共长天一色。"府帅说："这真的可以不朽了！"

（出《摭言》）

王勃每次撰写碑颂，先磨好几升墨，然后用被子盖着头睡觉，忽然跃起，一挥而就，无须修改，人们称之为"腹稿"。

（出《谈薮》）

卢照邻

唐朝的卢照邻，字升之，范阳人，年轻时官拜邓王府典签，王府的所有公文，都交他处理。邓王府内有很多书籍，卢照邻都阅览了一遍，基本上记得。后来担任益州新都县尉，任期满后，流连蜀中，为人豪放旷达，诗酒风流，因此人们称王、杨、卢、骆。卢照邻听说后，说："喜居王后，耻在骆前。"当时杨炯写的文章喜欢将古人的姓名连用，如他写的"张平子之略谈，陆士衡之所记，潘安仁宜其陋矣，仲长统何足知之"，号称"点鬼簿"。骆宾王写文章时喜欢以数对，如他写的"秦地重关一百二，汉家离宫三十六"，人们称他为"算博士"。卢照邻的文章，当时人们没能评价其得失。可惜卢照邻不幸患有顽症。写了《幽忧子》来排遣心中的忧闷，有文集二十卷。

(出《朝野佥载》)

骆宾王

唐朝时，考功员外郎宋之问因为犯事遭到贬黜，后来放还。到了江南，游览灵隐寺，夜里月亮十分明洁，宋之问在长廊行吟，并且写诗道："鹫岭郁岧峣，龙宫锁寂寥。"第一联搜奇深思，终不如意。这时有老僧来点长命灯，坐在大禅床上，问道："年轻人夜深了还不睡觉，吟讽这么辛苦，为什么呢？"宋之问回答说："弟子作诗，恰好想在这个寺里题诗，而思路衔接不上。"老僧说："试吟上联。"宋之问就吟诵给他听。老僧再三吟讽，于是说道：“为什么不写‘楼观沧海日，门对浙江潮’？”宋之问很惊愕，惊叹老僧的诗句优美有气势。宋之问接着续写道：“桂子月中落，天香云外飘。扪萝登塔远，刳木取泉遥。霜薄花更发，冰轻叶未凋。待入天台路，看余度石桥。”老僧所赠写的诗句，是一篇之中的警句。天亮以后，宋之问再去拜访他，却没有找到。庙里有认识老僧的人说：“此僧就是骆宾王。”宋之问又问庙里的人，庙中人回答说：“当年徐敬业兵败的时候，与骆宾王一起逃跑了，朝廷追捕他们没有找到。将帅担心漏掉了主要的首领，会遭到不测之罪，当时死亡的有几万人，于是找两个跟徐、骆长相相似的人的尸首，将他们的首级用木匣子装了献到朝廷。后来虽然知道徐、骆没有死，不敢捕送。所以徐敬业到了衡山为僧，活到九十多岁才去世。骆宾王也落发为僧，游遍名山，到了灵隐寺，过了一年就去世了。当时徐、骆起兵虽然失败了，因为是打着兴复唐朝的旗号，所以大多数人们帮助他们逃亡。”

（出《本事诗》）

李　白

开元年间，翰林李白应诏起草《白莲花开序》及《宫词》十首。当时李白喝醉了酒，宦官用冷水浇他，李白醒来后，就在御前运笔如飞，文不加点。

（出《摭言》）

李白刚从蜀地到京师时，住在旅店中。贺知章久闻他的大名，首先去拜访他，见李白风流倜傥，就向他求取诗文，李白拿出《蜀道难》给他看。贺知章还没读完，就连连称赞，称他为“谪仙人”。李白特别喜欢喝酒，贺知章就解下身上佩戴的金龟去换酒，与李白一起喝得大醉，两人每天都见面，由此，他们豪饮的声誉日益烜赫。贺知章见了李白写的《乌栖曲》，反复吟诵，赞叹说：“这首诗真可以泣鬼神啊！”《乌栖曲》写道：“姑苏台上乌栖时，吴王宫里醉西施。吴歌楚舞欢未毕，西山犹衔半边日。金壶丁丁漏水多，起看秋月堕江波，东方渐高奈乐何！”有人说这首诗又叫《乌夜啼》，两篇不知是哪篇。又《乌夜啼》写道：“黄云城边乌欲栖，归飞哑哑枝上啼。机中织锦秦川女，碧纱如烟隔窗语。停梭向人问故夫，欲说辽西泪如雨。”李白才高气逸，与陈子昂齐名。李白论诗歌发展时说：“南朝梁陈以来，写诗作文，极尽浮艳浅薄，沈约又崇尚声律。想要恢复古时的为文之道，舍我其谁！”

唐玄宗听说了，将李白召入翰林，因为他才华横溢、超绝人上，器识兼茂，而对他非常尊敬，所以没有让他担任具体的官职。唐玄宗曾经与宫人一起游乐，对高力士说：“面对这样的良辰美景，怎么可以没有声伎来助兴呢？如果能够找来逸才词人吟诗歌咏，就足可以夸耀后世。”就下令召来李白。当时宁王正请李白喝酒，李白已喝醉了，李白入宫以后，拜舞颓然，唐玄宗知道李白鄙薄声律，认为声律不是他所擅长的，就让李白以宫中行乐为题，写十首五言律诗，李白顿首说：“宁王请臣下喝酒，我已醉了，如果陛下能让我尽情发挥，臣下才可献出薄技。”唐玄宗说：“好。”就让两个内臣扶着他，叫人研好墨，浸润好笔交给李白，又叫人在李白的面前铺好朱丝绢。李白运笔成文，没有停顿，十首律诗一挥而就，无须更改，笔迹遒利，龙飞凤舞，律度对仗，无不精绝。他的第一篇写道：“柳色黄金嫩，梨花白雪香。玉楼巢翡翠，珠殿宿鸳鸯。选妓随雕辇，徵歌出洞房。宫中谁第一，飞燕在昭阳。”唐玄宗对他恩礼极厚，但李白才情高逸，放旷坦率，请求回归故乡。唐玄宗也认为他不适合为官作吏，就格外开恩答应了他。李白曾经写有《醉吟》一诗：“天若不爱酒，酒星不在天。地若不爱酒，地应无酒泉。天地既爱酒，爱酒胡愧焉。三杯通大道，五斗合自然。但得酒中趣，勿为醒者传。”《更忆贺监知章》一诗写道：“欲向东南去，定将谁举杯？稽山无贺老，却棹酒船回。”

李白后来来到浔阳，又被永王李璘赏识，李璘事发，李白受连累，被贬谪夜郎。当时杜甫写了二十多首诗送给李白，诗中多次谈到此事。后来李白遇赦放还，游赏江南一带的山水风光，在宣城的采石矶去世，葬在谢公青山。范传正任宣歙观察使，为他立碑，以旌表他的事迹。起初，李白年轻时好酒，在兖州习业时，喜欢喝酒，又在任城县建造酒楼，每天与志同道合者在酒楼上狂饮，少有醒时。人们都认为李白声名显赫，对他格外敬重。

（出《本事诗》）

贺知章

贺知章为人豪放旷达，非常健谈，当时的贤达之士都很倾慕他。陆象先是贺知章姑母的儿子，贺知章跟他格外亲善。陆象先对人说："贺兄言谈有趣，真可谓是风流之士。"晚年的贺知章放荡不羁，不喜欢循规蹈矩，自称"四明狂客"。醉后写文章一挥而就，无须修改，每篇都很精彩。又擅长草书、隶书，人们都把他的墨宝当宝贝。贺知章请求当道士，回乡定居，将自己的住所改为道观，皇上准许了，仍任命他的儿子为会稽郡司马，皇上亲自写诗给贺知章送行。

（出《谭宾录》）

白居易

白居易是白季庚的儿子。出生的时候尽管不能讲话，但能默识"之"、"无"两个字，乳母多次试他，都能正确地指认不误，隔几天又试他，还是能正确地指出来。等到他能说话的时候，读书勤奋聪敏，同其他孩子不一样。五六岁的时候能认识声韵，十五岁时能写诗作赋，二十七岁考中进士。贞元十六年，中书舍人高郢主管科考，白居易前去应试，一举考中。第二年，拔萃甲科，他写的《习性相近远》、《求玄珠》、《斩白蛇》等赋，成为当时文坛的范文，新考中的进士在京师竞相传阅。当唐宪宗刚即位时，就提拔他为翰林学士。

(出元稹《长庆集序》)

柳　芳

开元年间，李幼奇带着自己的诗文去找柳芳。李幼奇对柳芳诵念《百韵诗》，柳芳已暗暗地记下来，就将诗题写在壁上，不差一字，并对李幼奇说："这是我写的诗。"李幼奇非常吃惊，心有不平。过了一段时间，柳芳对李幼奇说："只不过跟你开个玩笑罢了，那是你念过的诗。"柳芳又请李幼奇将自己写的其他文章诵读一遍，只要听他读一遍，柳芳都能背写出来。

(出《尚书故实》)

柳公权

唐武宗时，柳公权在朝廷任职。唐武宗曾经迁怒一宫女，过了很久，又召见她，武宗对柳公权说："我怪罪这个人，如果能够得到你的一篇文章，心中的怒气就会消散。"武宗看见御案上有蜀笺几十幅，就交给柳公权，柳公权略一思索，就写成了一首绝句："不分前时忤主恩，已甘寂寞守长门。今朝却得君王顾，重入椒房拭泪痕。"唐武宗非常高兴，赐给柳公权两百匹锦彩，并叫那个宫女上前拜谢柳公权。

(出《摭言》)

司马相如

汉代的司马相如善于写赋，当时人们称他写的赋典雅绚丽，即使是诗人写的作品，也不能超过他。他的文友扬子云说："司马相如的赋不像是从人间来的，难道是受神灵的点化吗？"扬子云学习司马相如的赋但赶不上他，所以非常敬佩他。司马相如写的《上林赋》，意境旷远，内涵深广，控引天地，错综古今，跌宕起伏，几百天才写成。他的朋友盛览（字长卿），是牂牁一带的名士，曾经向司马相如请教写赋的技巧，司马相如说："合纂组以成文，列锦绣而为质，一经一纬，一宫一商，这是写赋的基本原则。赋家必须包括宇宙，总览人物，这是一种心得，不可言传。"盛览就写了《合组歌》、《列锦赋》，终身不敢谈论写赋的心得体会。

（出《西京杂记》）

庾信

梁朝的庾信从南朝出使到北朝时，北方的文士大多轻视他，庾信便把自己写的《枯树赋》给他们看，那以后再也没有人敢轻视他了。当初西魏文学家温子升写了《韩陵山寺碑》，庾信读后摩写了一本。南朝人问庾信说："北方的文人怎么样？"庾信说："只有韩陵山一片石可以共语，薛道衡、卢思道略能秉笔，其余的都是驴鸣狗吠，喧扰嘈杂而已。"

（出《朝野佥载》）

韩翃

唐朝的韩翃年轻时就有才华很出名。侯希逸镇青淄，韩翃任从事，后离职，闲居十年。李勉镇夷门，又任幕吏，当时韩翃已经年老，同僚们都是新进后生，不了解韩翃，大家都称"恶诗韩翃"。韩翃非常不得意，大多数时间都称病在家。只有韦巡官，也是知名人士，与韩翃友善。一天深夜，韦巡官急急忙忙地来敲韩翃的门，韩翃出来见他，韦巡官祝贺说："员外升任驾部郎中，让你主持制诰。"韩翃非常吃惊，说："必定没有此事，一定是搞错了。"韦巡官坐下后说："朝臣向皇上报告，制诰缺人，中书两次推荐人选，皇上都不批准，中书又请示，皇上批示道：'与韩翃。'当时与韩翃同名同姓的一个人，正担任江淮刺史。中书又把二人的材料同时呈进，皇上又批示道：'春城无处不飞花，寒食东风御柳斜。日暮汉宫传蜡烛，轻烟散入五侯家。'皇上说：'就给写这首诗的韩翃。'"韦巡官又祝贺说："这难道不是员外的诗吗？"韩翃说："对，这确实没错！"到了天明，李勉与僚属们都来恭贺，当时是建中初年。

（出《本事诗》）

朱庆馀

唐朝人朱庆馀遇上水部郎中张籍这个知音，张籍多次求取朱庆馀写的新旧诗篇，吟改后只留二十六章，张籍爱不释手，大加称赞。当时张籍名气很大，人们无不缮录讽咏，朱庆馀登科及第，开始时，朱庆馀还很谦逊，写了一首《闺意》献给张籍说：“洞房昨夜停红烛，待晓堂前拜舅姑。妆罢低声问夫婿，画眉深浅入时无？”张籍酬和道：“越女新妆出镜心，自知明艳更沉吟。齐纨未足人间贵，一曲菱歌敌万金。”从此以后，朱庆馀的诗名就流传海内。

（出《云溪友议》）

李　密

隋朝的李密，是蒲山公李宽的儿子。起初李密任亲卫大都督，觉得不称心，就称病辞职。隋炀帝大业年间，辅佐杨玄感起兵。到了杨玄感兵败，李密潜逃，来到平原，郝孝德不礼待他，李密饥饿难忍，甚至削树皮吃。到了睢阳，住在村里，改变姓名自称刘知远，招募学生给他们讲学，过了几个月，觉得不得志，就写了一首五言诗说：“金风飏秋节，玉露凋晚林。此夕穷途士，郁陶伤寸心。眺听良多感，慷慨独沾襟。沾襟何所为，怅然怀古意。秦俗犹未平，汉道将何冀？樊哙市井屠，萧何刀笔吏。一朝时运合，万古传名谥。寄言世上雄，虚生真可愧！”诗写成后，不禁潸然泪下。义宁元年，李密占据了洛口仓，聚集了百万义军，筑坛自称魏公。建元二年，李密从巩洛大举进攻隋军，兵败后归顺唐朝，官拜光禄卿。

（出《河洛记》）

华佗

华佗医术高明。有一郡守得了重病，华佗去看他，郡守让华佗为他诊治，华佗退了出来，对郡守的儿子说："你父亲的病和一般的病不同，有淤血在他的腹中，应激怒他让他把淤血吐出来，这样就能治好他的病，不然就没命了。你能把你父亲平时所做过的错事都告诉我吗？我传信斥责他。"郡守的儿子说："如果能治好父亲的病，有什么不能说的？"于是，他把父亲长期以来所做的不合常理的事情，全都告诉了华佗。华佗写了一封痛斥郡守的信留下，郡守看信后，大怒，派捕吏捉拿华佗，没捉到，郡守盛怒之下，吐出一升多黑血，他的病就好了。

又有一位漂亮的姑娘，已经过了结婚的年龄，可是仍没有嫁人，因为长期以来她的右膝长了个疮，不断往外流脓水。华佗看过后，她父亲问女儿的病情，华佗说："派人骑马，牵着一条栗色的狗跑三十里。回来后，乘狗身子正热时截下狗的右腿，拄在疮口上。"不一会儿，有一条红色的小蛇从疮口中钻出来，进到狗的脚中，那姑娘的病就好了。

又，东汉末年时，有人腹中长一结块，白天黑夜疼痛无比。临死时，他对儿子说："我死以后，可以剖腹把那东西拿出来，看看到底是什么。"他儿子不忍心违抗父命，于是剖腹，取出一个铜枪头，约有三分之一升左右。华佗听后，就前去了解。华佗看完，从小箱子里取出药放在枪头上，枪头立刻化成了酒。

（出《志怪》）

秦鸣鹤

唐高宗得了风眩病，眼睛昏花，看不清东西，就召来御医秦鸣鹤看病，秦鸣鹤说："陛下是风毒上攻，如果用针扎头部让它流出少量的血，病就会好。"武则天从帘子后面大怒道："这个人应该斩首！天子的头上，难道是可以出血的地方吗？"秦鸣鹤叩头请求饶命，唐高宗说："医生诊断病情，按理不应治罪。况且我的头部沉重昏闷，无法忍受，出点血未必有什么不好，我已经决定了。"就让秦鸣鹤用针刺自己的头部。秦鸣鹤刺百会及脑户出血，唐高宗说："我的眼睛看得清楚了。"话未说完，武则天从帘子后面向秦鸣鹤施礼表达谢意说："这真是上天赐给我们的一代医师啊！"并亲自赠送丝绸珍宝给秦鸣鹤。

（出《谭宾录》）

孙思邈

唐朝邓王李元裕，是唐高祖的第十八子，喜欢学习，擅长谈论辨名析理之学，典签卢照邻是他的布衣朋友，他经常声称说："我的命相就这样了。"卢照邻是范阳人，任新都尉，因为患有难医治的疾病，他住在阳翟的具茨山编著并注释《释疾文》和《五悲》。卢照邻性情高雅颇具诗人风度，不料后来竟投颍水自杀身亡。

卢照邻曾居住在京城鄱阳公主废弃的府第中。显庆三年时，唐高宗召见太白山隐士孙思邈，当时孙思邈也住在这里。孙思邈是华原人，当年已经九十多岁了，但是他的视力和听力都一点没有减弱。卢照邻见到孙思邈后伤感自己正在壮年，却疾病缠身，久治不愈，终日里困顿疲惫，于是作《蒺藜树赋》，用来伤悼他与孙思邈二人之间承受自然的体质的差异。卢照邻作的赋，词句极其美丽。

孙思邈会算天象历法和摄生养性之术。卢照邻和当时的名士宋令文、孟诜都用对老师的礼节待孙思邈。他们曾问孙思邈："名医能治好病，是根据什么道理呢？"孙思邈说："我听说通晓天的人，一定能在人的身上找到它的本体，熟悉人的人一定是以天为本体，所以天有春、夏、秋、冬和金、木、水、火、土。黑天、白日轮流更替，寒冬暑夏交换更迭，这是大自然在运动。自然界中的大气，合起来就成为雨，流动的时候就成为风，散发开去的时候就成为露，紊乱无序时就成为雾，凝聚时就成为霜雪，伸展扩大成为虹霓，这是大自然的正常规律。人体有四肢和五脏，醒着、睡时，呼出吸进，吐故纳新，精脉和气血循环。流动就是血气循环，显现出来就是人

的气色，放出来的就成为声音，这是人体的正常运动。阳用它的精华，阴用它的形体，这是天与人相同的，及至它违背了这正常规律就要生病了。蒸就发热，不然就生寒，淤结就成为瘤赘，阻隔就成为痈疽，奔走过疾，就气喘嘘嘘，用尽了精力，就会焦枯，根据表面的诊断，可以检查出身体内部的变化。从人体类比自然界也是这样。因此金、木、水、火、土的伸屈变化，星辰运行中出现的差错，日蚀、月蚀现象，彗星的陨落，这是自然界的危险的征兆！寒暑颠倒，这就是外界的冷热失常。石头竖起，泥土跳跃，这是自然界的瘤赘。山崩地陷，这是自然界的痈疽。急风暴雨，这是自然界的喘乏。不降雨露，河流、湖泽干涸，这是大自然的焦枯啊！良医用药物进行输导，用针灸治病救人；圣明的人用高尚的道德和善于用贤任能来治理天下。所以身体有可以消除的疾病，天有可以去掉的灾害，这全都是气数啊！"卢照邻说："人世间的事情怎么样呢？"孙思邈说："胆要大，心要细；智虑要圆通，行为要方正不苟。"卢照邻说："怎么讲呢？"孙思邈说："心是五脏的元首，它应该遵循规律办事，所以要谨慎。胆是五脏的将领，它必须坚决果断，所以胆要大。有智慧的人行动如同天，所以要圆通，仁义的人沉静如同地，所以要方正不苟。《诗经》说：'好像走到了深渊的边缘，仿佛踩在薄薄的冰层之上，是小心。威武雄壮的武士，保卫着三公九卿，是大胆。'《传》说：'不因为有利可图就返回去；不因为行仁施义就悔疚，就是仁义的人的方正不苟。'《易经》说：'遇到机会就要立刻去做，不能整天等待，这就是明智人的圆通。'"

卢照邻又问："养性的道理，最重要的是什么呢？"孙思邈说："天有满有亏，人世间的事情有许多艰难困苦，如果不谨慎行事而能从危难中解脱出来的人，从来也没有过。所以讲究养性的人，自己首先要懂得谨慎。自己谨慎的人，长期以忧畏为根本。《经》上说：‘人不畏惧灾祸，天就要降灾难给你。’忧畏，是生死的通路，存亡的因由，祸福的根本，吉凶的源头。所以读书人无忧畏，仁义就不存在；种田的人无忧畏，粮食就不能增产；做买卖的人无忧畏，经营就不能盈利；当儿子的无忧畏，孝敬父母亲就不至诚；做父亲的无忧畏，慈爱就不执著；为人臣子无忧畏，就不能建功立业；身为君王的无忧畏，国家就不会安定，因此养性的人，失掉了忧畏就心思紊乱没有条理，行为焦躁，难以自持，神散气越，意迷志摇。应该活着的却死了，应该存在的却消亡了，应该成功的却失败了，应该吉利的却遇凶险。忧畏就像水与火一样，一会儿也不能忘掉它呀！人无忧畏，子弟就会成为你的强敌；妻妾变成你的仇寇。因此，最重要的是畏道，然后是畏天，其次是畏物，再次是畏人，最后是畏你自身。你不忘忧畏，就不被别人限制，自己永记忧畏就不受别人管束。在小的事情上谨慎，就不怕大的挫折；戒惧眼前忧虑，就不害怕以后的磨难。能懂得这些道理的人，在水中航船，蛟龙不能害你，在路上行走，老虎、犀牛这些凶猛的动物都不会伤着你；各种兵器也碰不到你；各种疾病、瘟疫也传染不上你；爱说别人坏话的人也诽谤不了你；有毒的蜂、蝎也螫不到你。了解这个道理的人，人世间的一切事情就全都明白了。”不久，孙思邈任承务郎，执掌药局事务。

孙思邈在唐高宗永淳初年去世，留下遗嘱：要薄葬，不要焚烧那些纸扎的阴间器物，祭祀时不宰杀牲畜。他死后一个多月，颜色还和活着的时候一样，当抬他的尸体放入棺中时，给人的感觉就像抬的是空衣服一样。孙思邈一生撰写《千金方》三十卷，传给后代。

（出《谭宾录》）

广陵木工

广陵有位木匠，因为患病，手足都不能伸直，不能再做木工活了。就拄着拐杖行乞，一天行乞到后土庙前，遇见一位道士，长得高大，面色很黑，神采异常，道士将木匠喊到身边，并问了他的病情，然后给了他几粒药丸，对他说："服下这几粒药丸，你的病就会好。明天天亮以后，再到这儿来见我。"木匠推辞说："我不能走路，家里离这里很远，就算是明天晚上，我也赶不到这儿。"道士说："你不用担心，明天只管早点来。"说完就离开了。木匠回到家里，吃了那几粒药丸，不久，就觉得手足很痛，到半夜才止痛，于是得以小睡一会儿，到了五更天就醒了，觉得手足很轻，就起了床，试了试，发现能够像从前一样走路了，他很快地来到后土庙前。等了很久，才看见道士倚杖站在那里，木匠施礼表示感谢，道士说："我教你一个处方，可以救人疾苦，你不用再当木匠了。"木匠再拜施礼，请道士告诉了他处方，并且问道士的姓名和住址，道士说："我住在紫极宫，有事时可去找我。"说完就离开了。木匠得到了那个药方，用来治病，没有治不好的。他到紫极宫去访道士，却没有遇见。后来，有个妇人生了病，病了很久，也是遇见了一位道士，吃了道士的药病就好了；说起道士的容貌，跟木匠说的一样。不久，广陵一带发生战乱，木匠也不知所终。

（出《稽神录》）

日本王子

唐宣宗大中年间，日本国王子来唐朝拜见，进献音乐和各种宝器。宣宗皇帝安排宫中艺人为王子表演各种杂技，又命令御厨摆设丰盛的宴席来招待日本王子。日本王子擅长下围棋。宣宗皇帝命令待诏顾师言与日本王子对弈。日本王子取出带来的楸玉棋盘，冷暖玉棋子，说："我们日本国东南三万里远的海中有一个集真岛，岛上有一座凝霞台，台上有个手潭池。池子里出产一种玉子，不用加工制作，自然分成黑、白二色，而且冬天温热，夏天凉爽，因此叫冷暖玉。这座岛上还长着一种叫如楸玉的树，形状跟楸树相类似。用这种楸山木雕成的棋盘，光洁照人。"顾师言跟日本王子对弈，下到第三十三手时，还不分胜负。顾师言唯恐输给日本王子而辱没了皇上的使命，握着棋子的手都沁出汗来，思考许久，才落下这一棋子，即后人称为"镇神头"的这一手。于是两方互相杀子相持不下的局面才得以化解。日本王子瞪着双眼、缩着肩膀，定定地望着棋盘，已经认输了。日本王子问负责接待的鸿胪卿："顾待诏在大唐国围棋高手中是第几名？"鸿胪卿谎称道："是第三名。"实际上，顾师言是国手中的第一名。日本王子说："能否见见第一名？"鸿胪卿说："王子胜了第三名，才能见到第二名。胜了第二名，才能见到第一名。现在王子您急着想见第一名，能见到吗？”日本王子双手按着棋盘，感叹地说：“小国的第一名，不及大国的第三名。我确实信了。”直到今天，有些喜欢收藏的人，还藏有顾师言“三十三下镇神头图”的棋谱。

（出《杜阳编》）

王积薪

安史之乱时，唐玄宗南逃，百官纷纷奔赴皇帝的行宫，翰林中有个善于下棋的叫王积薪，也跟着来了。蜀道狭隘，每次停下休息时，道中的邮亭人舍，大都被那些高官显贵占据了。王积薪不能进屋休息，就沿着山溪前行，在山中的一位老人家中寄宿。这户人家只有婆媳二人，平时关门闭户，只提供水火；天刚黑，婆媳二人就关门休息了。王积薪在屋檐下栖身，夜深了，还睡不着觉，忽然听见屋里婆婆对媳妇说：“值此良宵，无以助兴，与你下一盘棋，怎么样？”媳妇说：“好。”王积薪觉得很奇怪，里屋平时没有灯烛，媳妇与婆婆又各住在东、西屋，王积薪就将耳朵贴在门上听，一会儿，就听见媳妇说：“起东五南九落子。”婆婆说：“东五南十二落子。”媳妇又说：“起西八南十落子。”婆婆说：“西九南十落子。”每落一子，都思考很久，下到四更天将尽，王积薪都一一记在心中，她们只下了三十六手，忽然听见婆婆说：“你已经败了，我胜了你九枰。”媳妇也甘心认输。天亮后，王积薪穿戴整齐，前去请教，老婆婆说：“你可以随意落子。”王积薪就拿出行囊中的棋盘，尽平生所能布子，还没十多手，老婆婆回头对媳妇说：“可以把一般的棋路教给他。”媳妇就将攻守杀夺救应防拒之法告诉他，讲得很简略，王积薪请求还学点高招，老婆婆说：“就这些招数在人间也是无人能敌的了。”王积薪谢别二人，走了几十步，再返回去找，先前的房屋不见了。从那以后，王积薪的棋艺已经是无与伦比，他摆布记忆中婆媳二人对阵的棋势，竭尽心力，能赢九枰的那种棋势，始终摆不出来，于是将它命名为“邓艾开蜀势”，至今《棋图》上还有，但人们终究不能理解那种棋势。

（出《集异记》）

阎立本

阎立本是阎立德的弟弟。唐太宗在位时，官至重位，与哥哥阎立德齐名，曾经奉太宗诏令，亲自为唐太宗画像。后来，有一位高手，在玄都观东殿前间临摹，既可以镇住冈上能产生天子皇帝的灵气，又可以仰观这些天神们的神武英威。阎立德画的《职贡图》，都是外域的人物，形象非常怪异。阎立本画的国王速写单本流传在民间。这以前南北两朝的绘画高手，没有超过他们兄弟的。一次，南山出现一只凶猛的野兽伤害人，太宗皇帝派遣勇猛的勇士去捕杀它，没有捕到。虢地的王元凤自告奋勇为民除害，一箭射死了这只猛兽。太宗皇帝非常喜爱他的豪壮，让阎立本将他射杀猛兽的场面画下来，鞍马仆从，都栩栩如生，跟真的一样。看过这幅画的人，没有不惊叹和佩服他技艺高超的。另外，阎立本还画有《秦府十八学士图》、《凌烟阁功臣图》等作品，也是光耀以前历代绘画名家的。只有《职贡图》、《卤簿》等画，是跟他哥哥阎立德合作的。

民间传说在慈恩寺画功臣，是很多人画的，看不到阎立本的手迹。这些功臣画画得人物鞍马、冠冕车服，都非常传神。李嗣真说："阎立本的画，师从郑法士，实际上已经超过了郑法士。在阎立本之后，还有王知慎、师范的画也很见功夫。阎立本的画是最精妙的艺术品。"

唐太宗有一次同侍臣们乘舟在御苑的池中游玩赏景，看到池中有奇异的怪鸟在水面上随波浮游。唐太宗拍手叫好，命令在座陪同的侍从们当场赋诗赞咏，又命令随侍的宫人宣召阎立本前来将怪鸟画下来。宫人们当即向岸上传呼道："召画师阎立本到青苑玉池拜见皇上！"当时，阎立本任主爵郎中。听到传召后，他急忙跑步赶来，大汗淋漓，立即俯身池边挥笔画起来。而且，满面羞愧不堪。事后，阎立本告诫他的儿子说："我小时候好读书，值得庆幸的是我还不是个不学无术的蠢材。我都是有感而发才写文章。在同行中，我的文章写得还是不错的。然而，我最知名的是绘画。可是，它却使我像奴仆一样去侍奉他人，这是莫大的耻辱。你应该深以为戒，不要学习这种技艺了。"

到唐高宗在位时，阎立本官拜右丞相，姜恪原是守边将领，凭借战功做了左丞相，又遇上饥馑，国子监里的学生都放假让他们回家去了。同时又规定三省、六部及御史台的低级办事人员必须通晓一门《经书》。当时有人赋得打油诗一首说这件事："左丞相是个威震大漠的骁将，右丞相是个驰誉画坛的名家。三馆学生都放羊回家了，三省、六部及御史台的办事员却要通晓经书。"

阎立本家世代擅长绘画。他有一次去荆州。观看张僧繇的遗画说："从这画来看，他是空有虚名啊。"第二天又去看，说："他毕竟还是近代的绘画高手。"过了一宿又去看，说："盛名之下没有低手。”在画前或坐或卧，观赏不已，晚上就睡在画旁边，过了十天了还不离开。

（出《唐画断》及《大唐新语》）

梁人张僧繇的《醉僧图》，画得惟妙惟肖，道士们常常用这幅画来嘲笑僧人。僧人们感到羞愧，于是大家凑了几十万钱，请阎立本画《醉道士图》，这两幅画同时流传下来。

（出《国史异纂》）

兰亭真迹

唐太宗酷爱学习书法，有王羲之的真迹三千六百多幅，一幅幅全都装裱成一丈二尺长的。他最为珍惜的是《兰亭序》，放置在他座位的旁边，经常观赏。有一天，他在唐高宗的耳边说：“我千秋万岁以后，要与我的《兰亭序》一起去。”到他死后，《兰亭序》被用玉匣装着，藏在昭陵。

（出《尚书故实》）

古　文

古代的文字，据说是黄帝的史官苍颉创造的。苍颉头上有四只眼睛，与神明相通，他仰观天上的星宿运行排列的形势，俯察龟纹鸟迹的形象，博采众美，合而为字，这就是人们所说的“古文”。

《孝经援神契》上记载："奎主文章，苍颉仿象。"指的就是这回事。

（出《书断》）

钟　繇

三国时期，魏国的钟繇，字元常，年轻时跟随刘胜到了抱犊山，学了三年书法，于是与魏太祖、邯郸淳、韦诞等人谈论书法。钟繇向韦诞借《蔡邕书法》看看，韦诞不借给他，他就气得捶着自己的胸膛呕血昏厥，魏太祖用五灵丹救他，将他救活了。韦诞死后，钟繇让人盗掘了他的坟墓，找到了蔡邕字帖，从此以后，钟繇的运笔更加神妙。钟繇潜心学习书法，睡觉时用手指在被面上画，将被面都画破了，有时上厕所就忘记出来。见了世上的万事万物，都模拟着书写。钟繇擅长三色书，最精妙的是八分书。

（出羊欣《笔阵图》）

王羲之

东晋人，王羲之，字逸少，是王旷的儿子，七岁时字写得就很好。十二岁时，在父亲的枕头下看见了前代的《笔说》，就偷偷地拿来读，父亲问他："你为什么来偷看我的秘籍？"王羲之笑而不答，母亲代他说："看你书法方面的书。"父亲见他年纪太小，担心他不能理解其中的奥妙，就对王羲之说："等你长大后，我再教你。"王羲之请求道："现在就教我吧，如果等我长大后再教，恐怕我就没有小时的这种兴趣了。”父亲很高兴，就将书法书给了他，不到一个月，王羲之的书法大有长进。卫夫人见了王羲之写的字，就对太常王策说：“这个孩子一定读过书法方面的书。最近看了他写的字，确有一种成熟的风格。”卫夫人流着泪说：“这个孩子的名声一定在我之上。”晋帝时，王羲之刻写的祭北郊文，入木三分。王羲之三十三岁时，写了《兰亭序》。三十七岁时，写了《黄庭经》。王羲之写完后，只听见空中有人说：“你的书法连我都感动了，何况是凡人呢！我是天台文人。”王羲之说自己的楷书胜过钟繇。王羲之的书法风格多样。

（出羊欣《笔阵图》）

王羲之将自己写的章草《答庾亮》给张翼看，张翼见了，非常叹服，就写信给王羲之说：“从前，我有伯英的章草八纸，过江逃难时颠沛流离，将它弄丢了，常常遗憾再也看不到那种妙迹了。忽然看见足下答家兄的信，信里的字焕若神明，很有伯英章草的风范。”王

羲之从会稽罢官以后，住在蕺山下，有一天，看见一位老大娘拿着十多把六角竹扇在市上出售，王羲之随便问道："老大娘，您的扇子要出售吗？一把扇子要多少钱？"老大娘回答说："大概要二十文钱。"王羲之拿笔在扇子上写字，写了五个字，老大娘惋惜地说："老身一家的吃喝，都靠着这些扇子，你为什么把它写坏？"王羲之回答说："无妨，你只说是王羲之写的字，每把扇子要卖一百文钱。"老大娘拿着扇子来到市上，人们都争相购买她的扇子。过了几天，老大娘又拿来几把扇子，请王羲之在上面写字，王羲之笑而不题。又传说：王羲之曾经写了一道奏章呈给晋穆帝，奏章上的字炉火纯青，晋穆帝就让人找来纸，长短宽窄与王羲之奏章的纸一样，让张翼模仿，一点也没有不同，批阅以后送还给他。起初，王羲之没有察觉，过后仔细一看，惊叹说："想不到有人乱真的水平这样高！"王羲之喜欢鹅。山阴县昙礦村有一个道士养了十多只鹅，有天清晨，王羲之乘着小船去看道士养的鹅，道士很不乐意，王羲之就说出钱跟他买鹅，道士不同意。王羲之好说歹说，都不能如意。道士说："我喜欢道，早就想请人抄写河上公写的《老子》，笔墨都准备好了，就是无人能写。先生如果能抄写《老子·道德》各两章，便将这群鹅都送给你。"王羲之在那儿停留了半日，为道士把文章抄完了，就用笼子装着鹅回家，显得非常高兴。又有一次，王羲之到一个门生家去走访，门生家对他招待非常周到，王羲之很感动，就想写一点字送给门生家作为答谢。他看见门生家有一个新几案，十分光滑洁净，王羲之便在上面写字，草书、楷书各写了一半。在门生送王羲之回家期间，他的父亲将几案上的字都刮掉了。等门生回家一看，惊愕懊恼了很久。

（出《图书会粹》）

王献之

王献之，字子敬，特别擅长草书、隶书。小时他跟父亲学习书法，后又学张芝的书法，后来他改变写法，创立了自己独特的风格。当初，谢安让王献之任他的长史。太元年间，新建了太极殿，谢安想让王献之在殿上题写几个字，作为万代的珍宝，但又不好开口，就说起韦仲将在灵云台题字的情况，王献之了解他的心意，就正色说："韦仲将是魏国的大臣，哪里有这样的事？假使真的有这么回事，可以想见魏国的国运将不会长久。"谢安只好就不再逼他。

王献之五六岁时开始学习写字，父亲王羲之从背后暗暗地抽他的笔，抽不动，就惊叹说："这个孩子肯定会有很大的名气。"就写好《乐毅论》给王献之。王献之的书法已达登峰造极的境界，小楷可以说已是炉火纯青，筋骨紧密，丝毫不比他父亲逊色，至于他的大楷，尤直寡态，是一般人不能够同日而语的。只是他的行草，写得太飘逸了。其余的字体，都比不上他的父亲。总而言之，王献之的隶书、行书、草书、章草、飞白五种字体，都能出神入化，八分书也不错。

（出《书断》）

毛延寿

西汉元帝时，后宫妃嫔很多，这些嫔妃很难与皇帝见一次面，于是皇帝就命令画工们把她们的头像画下来，然后按照图像来召幸她们。很多嫔妃为了能使画工把自己画得更漂亮些，就用钱贿赂画工，最多的达十万，最少的也有五万，唯独王嫱不愿贿赂画工，所以一直没有得到皇帝的召幸。后来匈奴君主要在元帝的这些嫔妃中找一位美女作皇后，皇上就按照图像选出画像并不漂亮的昭君前行，当昭君准备前往匈奴时，汉元帝召见昭君，发现她貌美绝伦，言行举止，十分文雅。汉元帝非常后悔，但事已讲定，皇帝应该对匈奴君主讲信用，不能再换另外的人。后来深入追究这事，把所有的画工都处死，抄没他们的家，发现那些画工都有巨额的资产。

画工杜陵人毛延寿善画人物形象，不管是长得丑的还是长得漂亮的，不管是年老的还是年轻的，他都画得十分逼真。安陵人陈敞，在画人物形象方面不在毛延寿之下，而且还擅长画山川、树木及奔跑的牛马姿势。杜阳望也擅长画画，特别是在调色方面尤为突出。他们同时被处死，所以京师的画工就非常稀罕了。

（出《西京杂记》）

唐太宗

贞观十四年，唐太宗在屏风上亲自写了真草书，给群臣看，太宗的书法笔力遒劲，为一时之绝。唐太宗曾经对朝臣们说："书法是小道，原本不是急务，但我时时留心，不曾放弃过。所有的艺业，没有什么不是通过学习才获得真谛的，问题是有的人心力懈怠，不能专精罢了。"他还说过："我临摹古人的书法，根本不学他们的字形，只学他们书法的骨力。获得这种骨力以后，就能形成独特的字形、字体。”唐太宗曾经召集三品以上的大臣，赐宴玄武门，唐太宗亲自操笔写飞白书，大臣们趁着酒兴，争抢太宗手中的书法作品。散骑常侍刘洎登上御床，攀着唐太宗的手才得到了那幅作品，其他人都说刘洎登御床，罪当至死，请绳之以法，唐太宗笑着说：“过去只听说婕妤辞辇，今天却看见了常侍登御床。”

（出《尚书故实》）

顾恺之

东晋的顾恺之，字长康，小名叫虎头，晋陵人。才气横溢，特别擅长画画，他的作品形神兼备，莫不妙绝。谢安对顾恺之说：“先生的作品是有史以来从没有过的。”顾恺之曾经将一橱柜的画，暂时寄放在桓玄家里，都是他画中的精品。后来桓玄打开橱柜，将画取走了，并且骗顾恺之说他没开过橱柜门，顾恺之不怀疑那些画被桓玄拿走了，只说“妙画通神，变化飞去，就像人登仙一样”。

顾恺之有三绝：才绝、画绝、痴绝。他曾经爱慕邻居家的一个姑娘，就将那姑娘的相貌画在墙壁上，用钉子钉着心的部位，那姑娘得了心痛病，就告诉顾恺之，顾恺之将钉子拔了，姑娘的病才好。他又想给殷仲堪画像，殷仲堪眼睛有病，就极力推辞，顾恺之说：“大人的眼睛没有病，如果我画时将您的瞳子点明亮一点，再盖上飞白，就会像青云蔽日。”顾恺之画人物时，几年不画眼睛，人们问他是什么原因，他回答说：“人的四体与人的美丑原本没什么关系。传神写貌，就在眼睛上。”他曾经给裴楷画像，在裴楷的脸颊上画了三根毫毛，他解释说：“裴楷人物俊朗，有鉴识，画上这三根毫毛，看画的人一定会觉得特别传神。”嵇康写了一首四言诗送给顾恺之，顾恺之将诗中的意境画出，他常常说：“手挥五弦易，目送归鸿难。”顾恺之曾将谢幼舆画在一片岩石丛中，人们问他为什么，他说：“一丘一壑，这位先生应该画在这种岩壑之中。”顾恺之又曾在瓦棺寺的北殿内画维摩居士的像，画完后，人们纷纷来捐献，时间长达一个多月。《京师寺记》中写道：“兴宁年间，瓦棺寺刚刚有和尚，开佛会，请求朝中的贤人君子宣传募捐。当时士大夫捐钱没有超过十万的，只有顾恺之在募捐簿上写了要捐一百万。顾恺之家里很穷，人们以为他是说大话。后来，庙里的和尚请求他兑现，顾恺之说：‘给我准备一面墙壁。’于是他有一个多月的时间闭门不出，画完维摩居士的躯干后，准备点眸子，他对和尚们说：‘第一天来观看的，请布施十万。第二天来观看的，请布施五万。第三天来观看的，可以随意。’到了开门的那天，顾恺之画的维摩像使寺院生辉，前来布施的人络绎不绝，一会儿，捐的钱财就达到了百万之多。”刘义庆的《世说新语》中写道：“桓玄大司马，每次请顾恺之与羊欣给他讲论书画时，常常通宵达旦，不知疲倦。”

（出《名画记》）

郑玄

东汉人郑玄在马融门下求学，三年不见老师，马融也只让学得较好的弟子向他授课罢了。有一次，马融运算浑天时不相符合，就问各位弟子，弟子们没有谁能解答。有人推荐郑玄，马融召来郑玄让他运算，郑玄一下子就算出来了，人们都很惊奇又很佩服。等到郑玄学成辞归时，马融非常嫉恨他。郑玄也担心有人会来追杀他，就坐在桥下将穿着木屐的脚放在水上。马融对手下人说："郑玄在土下水上锯木，必死无疑。"于是就停止了追杀，郑玄终于得以幸免。又有一种说法：郑玄拜马融为师，三年中都是默默无闻，马融很轻视他，就打发他回家。郑玄在路上的一处树荫下小睡，梦见一位老人，用刀剖开自己的心腹，对郑玄说："你可以学好。"郑玄梦醒后又返回，继续跟马融学习，精通了所有的典籍。马融叹息说："诗书礼乐，郑玄都精通啦。"就暗中派人要杀郑玄，郑玄知道这一情况后，偷偷地跑了。马融用算式来推测郑玄的去向，判断郑玄当在土木之上，就拿着弓箭，骑着马去追他。郑玄钻到一座桥下，俯伏在桥柱上，马融在桥边徘徊了很久，说："土木之间，应该是这儿，但有水就不对头了。"马融于是就回去了，郑玄就得以幸免。

（出《异苑》）

郑玄在东汉顺帝永建二年七月戊寅出生。八九岁时就会许多运算方法，十一二岁时跟着母亲回家。腊日宴会，同年龄的十多个人都穿着华美的衣服，高谈阔论，只有郑玄对此漠然视之，好像比不上那些人。母亲就私下里责怪他，郑玄说：“这不符合我的志向。”

（出《玄列传》）

贞观秘记

唐朝贞观年间的《秘记》上记载：“唐三代以后，将有女主武王统治天下。”唐太宗就将李淳风秘密召来，拿这件事问他，李淳风说：“我根据玄象，推算已定，这个人已生活在陛下的宫内，从今往后不到四十年，其人将拥有天下，将李家子孙诛杀殆尽。”唐太宗说：“将那些可疑的对象都杀了，怎么样？”李淳风说：“这是天命，根本没有禳除的办法。真正的王者是不会死的，只可惜将枉及无辜，况且这个人已经长大，在陛下宫内为眷属，况且过了四十年后其人也会衰老，人老了就会显得很仁慈，恐怕伤害陛下的子孙不会太多。现在如果杀了此人，将结下仇怨，又会生出更年轻的，必然更加严酷狠毒，危害反而更大了。”唐太宗就中止了自己的计划。

（出《感定录》）

马处谦

扶风人马处谦是个瞎子，他的父亲就让他学《易》，以此求取衣食。马处谦曾经在安陆卖卦谋生，有一个人看他占卜后，对马处谦说：“你的卦术还没有达到最高境界，我有秘法，你愿意跟我学吗？”

马处谦就跟随他前往，郡中有座陶仙观，马处谦就跟那人在观里学占卜之法，共有十七种，马处谦问那人的姓名，那人就说他叫胡恬，并告诫马处谦说："你有官禄，能活到五十二岁。千万不要将我的来历、去向告诉官宦人家。"马处谦得到那人的法术后，推算事情很灵验。赵匡明从荆州入蜀以后，马处谦跟随来到成都，王先主曾令杜光庭暗中问自己有多长的寿命，马处谦回答说："主上受元阳之气，四斤八两。"王先主果然活到七十二岁才去世，四斤八两，就是七十二两。马处谦官至中郎金紫，五十二岁去世。

（出《北梦琐言》）

袁弘御

后唐的袁弘御任云中从事，尤其精通算术，有一次，同僚们让他算庭院中桐树的叶数，袁弘御就起身量树，离地七尺，量树干的周长，取周长的数来推算，很久才说："此树共有若干叶。"人们不能推翻他的结论，就摇落了二十二片树叶，再让袁弘御复算，他说："已比刚才少了二十一片叶子。"人们仔细一看，有两片小叶子，只能当一片算。节度使张敬达有两只玉碗，袁弘御量好了玉碗的广度和深度，推算说："这两只碗明年五月十六日巳时会破碎。"张敬达听了以后说："我将这两只碗小心翼翼地藏好，还会破碎吗？"就让人将碗藏在大笼里，用衣絮仔细裹好，锁在府库中。到了第二年的五月十六日巳时，府库的屋梁折断了，正好压在笼子上，两只玉碗都被压碎了。太仆少卿薛文美在府中亲眼所见。

（出《稽神录》）

管宁

三国时,魏国的管宁与华歆是好友。二人曾经一起在菜园中除草,发现地上有一块黄金,管宁视若不见,照样挥锄除草,与看见一块瓦石一样,华歆将黄金捡起来,扔到一边。又有一次,二人同席读书,有人乘着华丽的马车从门口经过,管宁照样埋头读书,华歆扔下书本跑出去看。管宁割开座席与华歆分开坐,并对他说:“你不是我的朋友啦。”

(出《世说》)

竹林七贤

陈留人阮籍、谯国人嵇康、河内人山涛,三人年纪差不多。与他们亲密的还有沛国人刘伶、陈留人阮咸、河内人向秀、琅琊人王戎。他们七人常常聚集在竹林之下,高谈阔论,无拘无束,人们称他们为“竹林七贤”。

(出《世说》)

孙伯翳

齐太原人孙伯翳家境贫寒,常常就着雪光读书,他超然脱俗,怡情山水。与县令王君亮、将军范云为莫逆之交。王、范二人都当过宰相，想让孙伯翳出来任职，孙伯翳说："人生百年，有如风中之烛，一个人应该怡神养性，寄情琴酒，怎么能忙忙碌碌像个奴仆呢？嵇康所不愿做的事，我也不情愿去做。"

（出《谈薮》）

唐霍王元轨

唐朝的霍王李元轨，是唐高祖的第十四个儿子，谦慎自守，不乱交友。他在徐州时，与处士刘玄平为布衣之交。有人问刘玄平，霍王的长处在哪里，刘玄平说霍王没什么长处。问的人觉得很奇怪，就责问他，刘玄平说："一个人如果有短处的话，人们就会发现他的长处，至于霍王，无所不备，我怎么能说出他的长处呢。"

（出《谭宾录》）

王方翼

凉州长史赵持满与长孙无忌是亲戚，许敬宗陷害了长孙无忌后，害怕赵持满对自己不利，就诬陷赵持满同长孙无忌一起谋反，朝廷下旨将赵持满逮捕入京，拷打讯问，赵持满说："生可杀，但不能诬陷好人。"狱吏代他签字，胡乱定罪，赵持满死在狱中，被抛尸城西，亲友没有谁敢去收尸。王方翼叹息说："栾布哭彭越，是出以大义，周文王掩埋朽骸，是出以大仁，断绝朋友之间的情义，忽视君主的大仁，将怎么侍奉国君呢？”王方翼就举行葬礼，将赵持满安葬了。唐高宗认为他是个义士，没有问罪他。

（出《新语》）

杜　佑

刘禹锡说：“司徒杜佑将穆赞像老朋友的儿子一样看待。”杜佑见穆赞多次被台丞弹劾，就告诫他说：“我有一句话，为你考虑，今后还是少树敌为佳。”穆赞对他的话深表赞同，从那时起，就渐渐地树立了自己的威信。

（出《嘉话录》）

元　琛

北魏的王侯外戚公主，霸占山海之富，川林之饶，争修园林豪宅，互相夸耀，家家都是高门大户，飞馆生风，重楼起雾，高台芳树，花林曲池，园园而有，夏天桃李泛绿，冬天竹柏常青，其中河间王元琛最为豪奢。他常与高阳王比阔，修造了一座像徽音殿的文柏堂，里面设有玉井金罐，以五色丝为绳，三百名歌姬舞女都是国色天香，有个叫朝云的婢女善于吹篪，能演唱团扇歌陇上声。元琛任秦州刺史时，羌人造反，多次出兵征讨都不肯降服。元琛就让朝云扮成一个贫穷的老太婆，吹着篪行乞，羌人听了都痛哭流涕，互相说：“我们为什么要抛弃自己的家园，到这深山峡谷中当强盗呢？”于是纷纷归降，秦州人说：“快马健儿，不如老妪吹篪。”

元琛在秦州时，没什么政绩，他派遣使者到西域去求名马，远至波斯国，得到一匹千里马，称为“追风赤”，其次还有十多匹能够日行七百里的名马，都有称号，元琛得到这些马后，用白银做马槽，用金子做环锁。其他的诸侯王都羡慕元琛的豪富。元琛曾经对人说：“西晋的石崇，只是外姓，尚且能够头插雉羽，身披狐腋，画卵雕薪，何况我是大魏的天王，怎么能够不讲排场？”他在后园修建了一座迎风馆，窗户之上，列钱青琐，玉凤衔铃，金龙吐旆，素柰朱李，枝条入檐，歌舞艺妓们在楼上坐着就可以摘食果子。元琛曾经在家里招待皇室人员，陈列的宝器，有一百多只金瓶银瓮，金银制成的瓯檠盘合也有一百多只，其余的酒具，有水晶钵、玛瑙琉璃碗、赤玉卮几十个，全都制作奇巧，是中原所没有的，都是从西域来的。元琛又将女乐和各种名马陈列出来，并引导各位王侯到府库参观，只见锦罽珠玑、冰罗雾縠充满府库。元琛对章武王元融说：“不恨我没见过石崇，只恨石崇没见过我。”元融为人贪暴，欲壑难填，见了元琛家的财富，既惊叹又羡慕，不觉成疾，回家后，躺了三天没起床。江阳王元继来探病，劝慰他说：“你家的财产，应该能够与河间王抗衡，为什么要羡慕惊叹，以至生病呢？”元融说：“常听说高阳王家的财宝比我多，谁知河间王比高阳王还多。”元继说：“你想当淮南的袁术，岂不知世上还有刘备。”后来朱氏叛乱，北魏王侯的第宅，大多成为了寺庙，寿丘里闾，列刹相望，祇洹郁起，宝塔高耸。每年的四月八日，京都的士女，都前往河间寺，看见河间寺堂庑绮丽，无不叹息，认为蓬莱仙室，也不过如此罢了。

（出《伽蓝记》）

袁天纲

袁天纲，蜀郡成都人。父亲袁玑，任梁州司仓。祖父袁嵩，北周时历任犍为蒲阳、蒲江二郡守、车骑将军。曾祖父袁达，南朝梁时任江州、黄州刺史，北周时历任天水、怀仁二郡郡守。袁天纲年幼时，父亲就去世了，家道贫寒，他喜好道术，精于相面。唐高祖武德年间任火井令。贞观六年任满入京，太宗召见，对袁天纲说："巴蜀之地，古有严君平，今有袁天纲，你自己觉得和他相比怎么样？"袁天纲回答说："他生不逢时，我遇上了圣明的君主，我超过他。"

隋炀帝大业末年，窦轨客游剑南德阳县，与袁天纲同宿，就向袁天纲询问自己的福禄寿命，袁天纲说："您额上伏犀贯玉枕，辅角又成就，十年以后，必当富贵，成为圣朝的栋梁之材。右辅角起，兼复明净，将在梁州、益州的分野之地，大振功名。"窦轨说："果真

像您说的，我一定不会忘记您的恩德。”窦轨刚被任命为益州行台仆射，到任以后，就召见袁天纲说：“以前我们在德阳县见过，您难道忘了吗？”窦轨对袁天纲非常礼敬，请他再次为自己看相，袁天纲将窦轨注视了很久，说：“骨法成就，与以前没什么差别，然而目色赤贯瞳子，语浮面赤，当了将军将会杀很多人，希望您深以为戒。”后来，窦轨果然杀戮了许多人。唐高祖武德九年，窦轨被征调到京城，对袁天纲说：“我还会得到什么官职？”袁天纲说：“面上佳人，坐位不动，辅角右畔光泽，并且有喜色，到了京城后，必定会蒙陛下圣恩，还会回到原地任职。”那一年，窦轨果然再次被任命为益州都督。

袁天纲刚到洛阳时，住在清化坊，朝野之人都喜欢造访他，他家常常是人满为患。有一次，杜淹、王珪、韦挺三人来请他看相，袁天纲对杜淹说：“您兰台成就，学堂宽广。”对王珪说：“先生法令成就，天地相临，十年后，将得到五品要职。”对韦挺说：“您面似大兽之面，文角成就，必得贵人相助，初为武官。”又对杜淹说：“二十年后，恐怕三位贤士将被同时罢黜，但时间不长就会东山再起。”杜淹不久就被任命为侍御史，武德年间任天策府兵曹文学馆学士。王珪任隐太子中允。韦挺从隋末以来，隐太子就让他担任率更令。武德六年，三人一起被流放到巂州，杜淹等人到益州去见袁天纲，痛哭流涕地说：“袁公以前在洛阳说的话，实在是高见，如今一一都应验了。现在我们落到了这一步，请您再为我们看看相。”袁天纲说：“公等骨法，大大的超过从前，不久就会回京，都能获得荣华富贵。”武德九年六月，三人一起被征调入京，经过益州时，去拜访袁天纲，袁天纲说：“杜公到京后，很快就会得到三品要职，年寿却不是我所知道的。王、韦二公，以后也会得到三品官，并且能够高寿，然而晚景都不太好，特别是韦公。”杜淹到了京城后，官拜御史大夫，检校吏部尚书，他写了一首诗送给袁天纲说：“伊吕深可慕，松乔定是虚。系风终不得，脱屣欲安如？且珍纨素美，当与薜萝疏。既逢杨得意，非复久闲居。”王珪不久官拜侍中，出任同州刺史，韦挺任蒙州刺史，都死在任上，与袁天纲说的一样。

贞观年间，朝廷下令调袁天纲进九成宫。当时中书舍人岑文本让他看相，袁天纲说：“舍人学堂成就，眉长过目，文才振于海内。头有生骨，犹未大成，从后面看全无三品职位，从面前看可得三品官职。然而大人四体虚弱，骨肉不相称，得到三品官恐怕是减损阳寿的象征。”后来岑文本当了中书令，不久就死了。房玄龄与李审素一起去见袁天纲，房玄龄说：“李恃才傲物，您先给他看相，看他将得到什么官职？”袁天纲说：“五品不到，至于六品以下的清要官职是可以得到的。”李审素不再追问，然后说：“您给房公看看相，将得到什么官职？”袁天纲说：“这个人将会大富大贵，您如果想得五品官，就求他提拔。”李审素不相信。后来房玄龄当了宰相，李审素官至起居舍人就死了，唐高宗听说后，让房玄龄追赠李审素为五品官，房玄龄奏请追赠李审素为谏议大夫。申公高士廉对袁天纲说：“你往后将会得到什么官职？”袁天纲说：“自知相禄已绝，不会有什么禄位。恐怕今年四月将会遭受大难，不过四个月就会死。”

蒲州刺史蒋俨年幼时，袁天纲为他占卜说：“这个孩子将有牢狱之灾，过后将大富大贵，从某官位至刺史，八十三岁那年的八月五日午时禄终。”蒋俨后来征伐辽东，被敌人抓获，囚禁在地狱中长达七年。高丽平定后，得以还家，所任官职同袁天纲说的完全一样。任蒲州刺史，八十三岁时，对家人说：“袁公说我八月五日禄绝，我快要死了。”就摆下酒宴，与亲友话别，果然有朝廷的敕令送达，让他退休，停了他的俸禄，几年后就死了。李义府侨居蜀地，袁天纲见了他，惊叹说："这个年轻人将贵极人臣，只是寿命不长。"于是请李义府住在自己家中，将自己的儿子托付给李义府说："这个孩子有七品官的相，希望您抬举他。"李义府答应了，又问袁天纲自己有多长的寿命，袁天纲说："五十二岁后，就不是我所知道的了。"李义府后来被安抚使李大亮、侍中刘洎等人联名推荐，皇上召见，让他写一首咏乌诗，他很快就写成了，诗中写道："日里扬朝彩，琴中伴夜啼。上林多少树，不借一枝栖。"唐太宗很赏识他，说："我将整棵树都借给你，怎么会只是一根枝条呢！"李义府被从门下典仪破格提拔为监察御史。他后来的寿命，都跟袁天纲说的一样。

赞皇公李峤年轻时就有才名，他兄弟五人，都不满三十就死了，只有李峤长大成人。李母心中非常忧戚，去找袁天纲，袁天纲说："李郎神气清秀，遗憾的是寿命不长，恐怕年将不满三十。"李母非常悲伤。李峤当时名气很大，非常希望富贵发达，听了袁天纲的话不相信，他的母亲又去请袁天纲，并准备了酒宴侍候，袁天纲仔细看了一会儿，说："命中已定。"李母又请袁天纲与李峤一起在书房中睡卧。袁天纲上床后就入睡了，李峤不睡，到了五更天忽然睡着了。袁天纲恰好醒来，发现李峤没有喘息，用手去摸，鼻下气绝，初时袁天纲觉得奇怪，探摸了很久，才发现李峤出入气息是在耳中，就一边摸着他一边说："找到了。"于是起床向李母祝贺说："几次探摸他的气息，都没找到，现在终于找到了；郎君必当大贵而且长寿，他的气息是龟息，既贵又长寿但不富有。"后来李峤的命运果然像袁天纲说的一样，武则天时，官拜宰相，但家中一直很贫穷。当时皇上多次临幸宰相家，看见李峤卧在青布帐中，感叹说："相国卧在这样的帐里，有失大国的体面。"就将御用的绣罗帐赐给了他。

李峤躺在绣罗帐里，寝卧不安，觉得身体好像生了病，就向皇上上奏说："我年幼时就被看相的人说'不会富有'，所以睡不安稳。"皇上叹息了很久，就听任他用旧的帐子。李峤身材矮小，鼻口都没有福相，人们都认为他不会富有。李峤在润州时，作为朝廷的使者，在宣州山主管采银之事，当时人们误传他暴亡，举朝伤叹。冬官侍郎张询古，是李峤的堂舅，听说后很伤心，派亲戚去探访落实，恰好遇上从南边来的使者说"确实死了"，张询古潸然泪下，官员们纷纷来劝慰他。当时有一人，自称精通骨法，对袁天纲的相术了解很多，朝廷显贵悄悄来问他，那人说："早就知道李舍人禄位稍薄。"人们恭恭敬敬地听着，那个人又说："李舍人虽有才华，但他的仪表以及耳目鼻口都没有福相。不久前听说他官拜朝散大夫，我就为他担忧了。"人们都认为他说得很对，李峤多次位居高位，极人臣之贵，然而李峤的面相确实难以看准，只有袁天纲能做到这一点。

又一次，陕州刺史王当有个女儿，王当集中州县的文武官吏，叫袁天纲为他从中挑选女婿。袁天纲说："这些人中没有贵婿。只有果毅姚某有个儿子，生有贵相，您可将女儿嫁给他，今后一定能得到好处。"王当听从袁天纲的话，将女儿嫁到姚家，当时人们都暗中讥笑，姚家的儿子叫姚元崇。姚元崇时年二十三岁，喜欢打猎，一点也不喜欢读书，他常常到一位表亲家去喝酒，遇到一位看相的人对他说："你今后会富贵。"看相的人说完就走了。姚元崇追上去问他，看相的人说："你将十分显贵，到时将官拜宰相。"姚元崇回家后，将相士说的话告诉了他的母亲，母亲就鼓励他读书，姚元崇于是将打猎的鹰鹞放飞了，发奋读书，以挽郎的身份进入仕途，最终官拜宰相。

袁天纲的儿子叫袁客师，继承了父亲的事业，看相也很准。袁客师任廪牺令，显庆年间，与贾文通同供奉。唐高宗用银盒子装着一只老鼠，让术士们去猜测，都说有一只老鼠。袁客师说："里面确实是老鼠，但放进去时是一只，放出来时是四只。"老鼠放进盒中后，生了三只小老鼠，一共果然是四只。袁客师曾与一书生同过江，上船后，遍视舟中人的脸色后，对书生说："不要上这只船。"于是二人离船上岸，袁客师悄悄地对书生说："我看了船上的那几十个人，鼻子下全都有一股黑气，不久将会有大难，怎么可以同这些人一起乘船呢？我们只好稍微等一下。"船还没开，忽然来了一位男子，神色高朗，跛着脚，挑着担子，赶着一头驴上了船，袁客师看见这个人，就对书生说："可以上船了。贵人在船上，我们就没什么忧患了。"他们上船后，船就开了，到了江中，忽然起了风浪，非常危险，但终究还是过了江。问赶驴的男子是谁，才知道是娄师德，后来位至纳言的官职。

（出《定命录》）

武　后

武士彟任利州都督，朝廷下诏调袁天纲进京，途经利州，武士彟让袁天纲给他的妻子杨氏看相，袁天纲说："夫人骨法非常，必生贵子。"就将武家的儿子全部喊来，让袁天纲给武元庆、武元爽看相，袁天纲说："可以位至刺史。"见了韩国夫人，就说："这个女孩将非常富贵，但不利她的丈夫。"武后当时穿着男孩子的衣服，乳母将她抱在怀中，袁天纲大惊说："这个男孩子，神采飞扬，不易推测。"就让她傍着床边走，袁天纲说："日角龙颜，龙睛凤颈，伏牺之相，富贵已极。”又侧身看她，惊叹说：“如果是个女孩，将成为天下的主人。”

（出《谭宾录》）

河北将军

建中初年，有个河北将军姓夏，能开数百斤的弓。他常在球场中，叠起一千多枚钱，然后放马奔驰，用击鞠杖击打钱垛，每击一次就有一枚铜钱飞起，高六七丈，他的技巧就这样神妙。又有一次，他在新泥墙上安上几十棵棘刺，用煮熟的豆子，相隔一丈远，用豆子去投棘刺，让豆子贯穿棘刺，百发百中。这位夏将军还能在奔驰的马上写字。

（出《酉阳杂俎》）

擒奸酒

河东有个人名叫刘白堕，善于酿酒。六月天，天气炎热，刘白堕用罂贮酒，放到太阳底下曝晒。过了十天，酒不变味，喝起来又香又美，醉了不容易醒。京城中那些显贵，将这种酒互相馈送，因为这种酒远送而不变味，被称为“鹤觞”，也叫“骑驴酒”。永熙年间，青州刺史毛鸿宾带酒赴任，路上遇到强盗，强盗喝了他的酒后全都醉了，均被擒获，因此这种酒又被改名为“擒奸酒”。游侠们说：“不怕张弓拔刀，只怕白堕春醪。”

（出《伽蓝记》）

千日酒

从前有个人叫玄石，到中山的酒店买酒。酒家将“千日醉”卖给他，忘了告诉他喝酒时要节制。玄石喝醉了，回到家中就睡下了，几天都不醒来，家里人不知道，以为他死了，备办了棺材将他埋葬了。过了一千天，酒店老板才想起玄石曾来买过酒，喝醉后该醒了，就走到玄石家探问。玄石家里人说：“他已经死了三年了，现在服丧期都满了。”酒店老板就同玄石家人来到玄石墓地，掘开坟墓一看，玄石才醒来，人们将他从棺材中拉出来。

（出《博物志》）

山东人

山东有个人娶了一个蒲州姑娘做媳妇。蒲州妇女多患有大脖子病，他的岳母脖子也肿得很大，山东人结婚几个月后，岳父家怀疑女婿不聪明，有一次，岳父家特意置办了酒席，将所有的亲戚都请来，想试试女婿的才智，岳父说："你在山东读书，应该懂得道理，鸿鹤能鸣是什么意思？"女婿回答说："天生如此。"岳父又说："松柏冬天青翠又是为什么？"女婿说："天生如此。"岳父又说："路边有棵树，长出树瘤是什么原因？"女婿说："天生如此。"岳父说："你一点也不懂道理，为什么住在山东呢？我来告诉你吧，鸿鹤能鸣是因为它的脖子长，松柏冬青是因为它心中强，路边的树长瘤子是因为车碰伤，难道都是天生如此吗？"女婿说："请让我以我的所见所闻来解释，不知您是否允许？"岳父说："你说说看。"女婿说："蛤蟆能鸣，难道是脖子长，竹子冬青，难道是心中强，夫人脖子上长着很大的肉瘤难道是车碰伤的？"岳父非常羞愧，无言以对。

（出《启颜录》）

李寰

唐朝人李寰镇守晋州，表兄武恭生性荒唐，又喜好道术，爱收集古物。有一次，遇上李寰生日，武恭没有什么礼物馈赠，就用箱子装着一件黑色的旧袄送给李寰，说："这是李令公收复京师时所穿的，希望尚书的功业，跟李令公一样。"李寰谢领了，后来听说武恭生日，就用箱子装了一条破旧的头巾送给武恭说："我知道老兄非常仰慕高真，我有洪崖先生刚成仙时系的一条头巾，希望老兄能够像洪崖先生一样得道成仙。"客人们无不放声大笑。

（出《因话录》）

吃 人

隋朝时有个人很聪明，但有口吃，杨素每当闲闷无聊时，就召他来畅谈。有一年岁末无事，杨素将他找来坐谈，跟他开玩笑说："有大坑深一丈，方圆也一丈，让你进入坑中，你怎么出来？"那个人低头想了很久，就问道："有梯子帮助出来吗？"杨素说："没有梯子，如果有梯子，还问你干什么？"那个人低头又想了很久，问道："白白白白日，夜夜夜夜地。"杨素说："何必说白日夜地，你只讲怎么能出来？"那人就说："如果不是夜里，眼眼不瞎，为什么那人会掉到坑里？"杨素大笑。杨素又说："假如让你当将军，有一座小城，守兵不满一千，城中粮食只能维持数日，城外被数万敌人围攻，如果派你去城中，你有什么办法进城？"那人低头想了很久，问道："有救救兵吗？"杨素说："就是因为没有救兵，所以才问你。"那人沉思了很久，抬头对杨素说："审审如如公言，就难免失败。"杨素大笑。又对他说："考虑到你多才多艺，没有不懂的事理，现在家中，有一个人被蛇咬伤了脚，请你为他医治。"那人应声说道："取取五

月五日南墙下雪雪涂涂，就能治好。”杨素说：“五月份哪来的雪？”那人说：“如果五月五日没有雪，腊月哪里会被蛇咬伤呢？”杨素笑着把他打发走了。

（出《启颜录》）

任瑰

唐朝时，管国公任瑰特别怕妻子，有一次，因为立有功劳，唐太宗将两个侍女赐给任瑰，任瑰一边施礼一边辞谢，不敢领回家。唐太宗召来他的妻子，赐酒给她，并说：“妇人妒嫉，合当七出，你如果能去掉妒嫉之心，就不要喝这些酒，否则，就喝了这些酒。”任瑰的妻子说：“臣妾不能去掉妒嫉之心，请让我喝酒。”说完就将酒喝了，等她喝醉了回到家中，就与家人诀别。其实太宗给她的不是毒酒，所以没有死。过后，杜正伦讥笑任瑰，任瑰说：“妇女有三种情况是可怕的，刚娶她时，端居若菩萨，哪里有人不怕菩萨的呢？等她生了儿女后，像哺养幼崽的老虎，哪有人不怕老虎的呢？等她年老面皱时，像鬼怪一样，哪有人不怕鬼的呢？所以男人怕女人，又有什么奇怪的呢。”听了的人都笑了。

（出《御史台记》）

裴明礼

唐朝的裴明礼是河东人，善于理财。他收集人们扔掉的旧物，转手出卖，因此家财万贯。又在金光门外，买了一块不毛之地，这块地瓦砾成堆，卖不到什么好价钱。他就在地边竖了一块标牌，将一个筐子悬挂在那里，能将瓦砾投进筐中的将得到奖赏，几十甚至上百次也只能投中一二次，不久，地里的瓦砾就捡尽了。他又将地交给那些放羊的，羊将屎拉在地里，地上积了一层羊粪后，他就将地翻耕过来，并播上果核，过了一年多，果树就结果了，裴明礼将果子一车车拉到市上去卖，收入非常可观。他又在地上修建了豪华的住宅，房子周围摆放许多蜂房来养蜜蜂，栽种了许多蜀葵和花果，蜜蜂忙忙碌碌地采蜜，收获了很多蜂蜜。裴明礼理财的方法，非常奇妙，不可胜数。贞观年间，他从古台主簿升为殿中侍御史，又转任兵吏员外中书舍人，一直升到太常卿。

（出《御史台记》）

陈鸾凤

唐朝元和年间，有人名叫陈鸾凤，是海康县人。他很讲义气，不畏鬼神，乡亲们都称他为后世的周处。海康境内有座雷公庙，人们虔洁祭祀，经常祷祝，妖妄仍然发作。乡亲们每年听到第一声雷的日子，就记住那个日期，过了十天再遇打雷的日子，百工都不敢劳作，违犯的一定会被雷打死，非常灵验。有一年海康大旱，乡亲们祈祷也没有效应，陈鸾凤大怒说：“我的家乡被称为雷乡，神灵不保佑，却受到人们如此虔敬的祭祀。庄稼都晒枯了，水塘沟渠也干涸了，牲牢等祭品都用完了，要这个雷公庙有什么用？”于是点火将庙烧了。当地的风俗，不能将黄鱼和猪肉混在一起吃，否则，也会被雷震死。有一天，陈鸾凤拿着竹炭刀，在田野中，将黄鱼和猪肉混在一起吃了，并等在那里看看有什么事情发生。果然有怪云出现，狂风卷起，迅雷急雨随之而来，陈鸾凤就向上挥动手中的刀，果然将雷的左大腿砍断了，雷堕地，样子像熊猪，毛角，肉青色，手执短柄刚石斧，血流如注，云雨也随之消散了。陈鸾凤知道雷没有神性，就跑回家，告诉家里人说："我砍断了雷的大腿，你们快去看。"家人们又惊又怕，都前往观看，果然看见雷的腿被砍断了。陈鸾凤又拿刀要砍断雷的脖子，吃雷的肉，人们拉住他的手说："雷是天上的灵物，你是下界的凡人，你害死了雷公，必定会使我们全乡人遭殃。"人们扯着他的衣袖，使陈鸾凤不能砍杀。一会儿，又有云雷为受伤的雷公包扎，将断腿接上后离开了。风雨大作，从午时至酉时，干枯的庄稼苗都立起来了，陈鸾凤遭到人们的一致指责，并不许他回家。他于是拿着刀，走了二十里，来到表兄家，夜里，又遭雷击，天火将表兄家的房子烧毁了，陈鸾凤持刀站在院子里，雷终究不能震击他。不久，有人将前面的事情告诉他的表兄，表兄将陈鸾凤赶出家门。陈鸾凤来到一个庙里，又遭雷击，天火将庙也烧毁了。陈鸾凤没有容身之处，就连夜打着火把，到一个石洞里栖身，雷再也不能击打他了。三年后，陈鸾凤才回到自己家中，从此以后，每当海康遇上旱灾，乡亲们就将钱物送给陈鸾凤，请他像从前一样将黄鱼和猪肉混吃，并持刀挥舞，每次都会大雨滂沱，雷也不能打他。如此二十多年，人们称陈鸾凤为雨师。大和年间，刺史林绪知道了这件事，将陈鸾凤召到州府，仔细查问，陈鸾凤说："年轻时，心如铁石，鬼神雷电，视若无睹，愿杀一身，以救万民。老天也不敢让雷鬼逞凶狂。"说完，将刀献给了林绪，林绪以重金相酬。

（出《传奇》）

史无畏

唐朝人史无畏，曹州人，与张从真友善。史无畏务农为生，衣食窘困不堪，张从真家里富有，就说："老弟务农，终年辛苦，我愿借千缗给你做生意，今后只要将本钱还我就行了。"史无畏非常高兴，借了这些钱，父子就到江淮一带做生意。没几年，史无畏就发了财。张从真家遭了火灾，又遇强盗抢劫，家室一空，就去对史无畏说："现在我家道中落，不求老弟给我千缗，你能够救济我三二百吗？"史无畏听了张从真的话，当面拒绝，并说："你说我借了你的钱，只管拿借据来。"张从真非常气愤，回到家中，就在院子里焚香祷祝，边哭边咒，言辞慷慨，听了的人都胆战心惊。午后，东西方黑云骤起。一会儿风雨雷电一齐来了，霹雳一震，史无畏就变成了一头牛，腹下写有红字，写的是"负心人史无畏"，过了十天，就死了。刺史将这件事上报朝廷。

（出《会昌解颐录》）

欧阳氏

广陵小吏欧阳氏，住在决定寺前。他的妻子年幼时遇到变乱，与父母失去了联系。后来，有位老人找上门来，对欧阳氏的妻子说："我是你父亲。"欧妻见那老人年老貌丑，穿着破衣烂衫，不乐意，就拒绝认他。她父亲又说起她的名字和所有亲戚的名字，欧妻也不听。老人又说："我从远方来，没有地方住。暂时在你家里借住行吗？"欧妻不听，欧阳氏也劝她，她还是不听。老人边走边说："我要去告你！"人们以为老人是到衙门去告状，没有介意。第二天正午，暴风雨从南方来，有雷进入欧阳氏的屋中，将欧妻提到院子里击死了，平地上的水有几尺深，左邻右舍都被震得站立不稳。过了几天，欧阳氏家的人到后土庙，在神座前看到一封信，就是老父告女儿的状纸。

（出《稽神录》）

茅山牛

庚寅年间，茅山有个小孩在野外放牛，将洗了的汗衫晒在草上，就在那儿小睡。醒来后，汗衫不见了，只有邻居家的一个小孩在旁边，牧童认为是邻居家的孩子将自己的汗衫偷了，两人就吵架。邻居家孩子的父亲见了，大怒说："生下你这个当贼的孩子，要你有什么用！"就将自家的孩子扔到水中。那孩子从水里爬出来，不停地对天喊冤。父亲又要将他扔到水里，忽然，雷雨大至，将牛击死了，汗衫从牛口中呕出，邻家儿才得以幸免。

（出《稽神录》）

石鸡山

西晋永嘉之乱时，宜阳有个女子名叫彭娥，父母兄弟都被长沙的盗贼所掳。当时,彭娥正挑着水桶到溪边去打水,返回时只见坞壁已破,心中非常悲伤。彭娥与盗贼搏斗,盗贼将她捆住,将她赶到溪边。正准备将她杀害,前面有大山石壁,彭娥对天大呼:“皇天,山灵有神没有,我犯了什么罪呀?”然后奔向山前,山立即裂开一条口子,有几丈宽,前面路平如砥。盗贼们跟着进山追赶彭娥,山体突然合拢。盗贼们被山石压死,头露出山外。彭娥再也没有出来过。彭娥扔下的水桶,化为石头,形状像鸡,当地人称为石鸡山,溪流被称为娥潭。

(出《幽明录》)

石　桥

赵州石桥非常壮丽,磨垅密致,像刀削的一样。远望像初月出云,饮涧长虹。桥上有勾栏,都是石制的,勾栏全部是石狮子。龙朔年间,高丽的间谍偷走了两个石狮子。后来,人们招募工匠修复,但找不到相同的石狮子。武则天大足年间,默啜攻破赵州境内的定州。敌人准备进一步南侵,来到石桥边,战马跪倒在地不肯前进。只见一条青龙卧在桥上,奋然飞起,敌人狼狈逃窜。

(出《朝野金载》)

龚　播

龚播是峡中云安监的盐商。起初,龚播家里很穷,靠贩卖蔬菜水果谋生，在江边修建了一座草屋居住。有一天晚上，又刮风又下雨，天地阴黑，龚播看见江南岸有火把，又听见有人呼喊求救。当时，夜已深沉，人们都休息了，龚播独自划着小船，顶风冒雨前去救人。到了南岸后，看见拿火把的人倒在地上，仔细一看，原来是个金人，有四尺多长。龚播就用船载着金人回家，于是就富有了。他经营贩卖，随便就能获得厚利，不到十年，家财万贯，成为蜀地的大财主。

（出《河东记》）

江东客马

近年，江东有一个人，常常骑着一匹马，马颇通人性。其人常常到酒店喝酒，醉得很厉害，独自骑着马回家，走到半路上，他就骑在马上靠着一棵树睡觉，马一动也不动，直到五更天。那人的家奴前来寻找，这才赶着马上路，马当时就倒在地上，很久才能站起来，病了很久才好。不久，那人就将马卖给宣州的一户人家。过了两年，那人做了官，奉命到宣州办事，知道自己原先的马被卖在此地，就要求骑原来的马。那匹马将他注视了很久，认出他是原来的主人，当那人骑上去后，那马就向前飞跑，将那人摔到地上，对他又咬又踏，人们从一旁相救，才使那人幸免于难。马恨主人将自己卖掉。

（出《原化记》）

杨 生

晋朝太和年间，广陵人杨生养了一条狗。杨生对狗非常怜惜，常常将它带在身边。有一次，杨生喝酒喝醉了，躺在荒草丛中。当时正是冬天，草丛正被烧荒的火燃着，风助火势，火势迅猛，狗在杨生周围嗥吠，杨生一点也没有知觉。狗就到水边将自身浸湿，回来后就卧在草上，如此数次，杨生周围的草都被水沾湿了，火烧不到这儿。又有一次，杨生夜里赶路，掉到一口井里，狗在井边吠叫不已，一直到天亮，有人经过井边，听到狗叫个不停，心里觉得奇怪，就向井里看，看见杨生在井里，杨生请求那人将自己救出，并答应要好好酬谢那人，那人提出要将狗作为谢礼，杨生说："这条狗曾救过我的命，恕难从命，其他的东西随便你要。"过路人迟疑不答，狗就引着他朝井里看，杨生懂得狗的意思，就答应了路人的要求。那人将杨生救出来后，牵着狗就走了。过了五天，狗在夜里又回到了杨生的家里。

（出《记闻》）

夏侯彪之

唐朝时，益州新昌县令夏侯彪之刚刚上任，就向里正打听，一钱能买几个鸡蛋，里正说："三个。"夏侯彪之就将十千钱交给里正，让他买三万只鸡蛋。他对里正说："不要把鸡蛋给我，将鸡蛋拿去让母鸡孵小鸡，能孵出三万只小鸡，过几个月小鸡就长大了，帮我将鸡卖掉，每只鸡卖三十钱，半年之间，就可得三十万。"夏侯彪之又问里正，一钱能买几根竹笋，里正说，能买五根。他又将十千钱交给里正，让他买五万根竹笋，并告诉里正，他不拿走竹笋，让竹笋长在竹林中，到秋天竹子就长大了，每根能卖十钱，一共可得五十万。夏侯彪之就是这样贪鄙无道。

（出《朝野佥载》）

顾　况

白居易初次应试，没有考中，就拿着自己写的诗歌去拜访顾况，顾况跟他开玩笑说：“居易啊，长安城里各种东西都很贵，要在这里居住，非常不容易啊。”当他读到《赋得原上草送友》这首诗中的“野火烧不尽，春风吹又生”时，感叹说：“能够写出这样的诗句，住在长安城里就不难了，老夫刚才说的话是开玩笑的。”

（出《摭言》）

何　勖

南朝刘宋时，江夏王刘义恭特别喜爱古物，经常找朝中官员索取。侍中何勖已经送过古物给他，但刘义恭仍然不断地索取，何勖非常不乐意。有一次，何勖外出，在路边看见别人扔掉的狗枷、围裙，就让手下人去捡起来，用箱子装了送给刘义恭，并在礼单上写道：“大人喜爱古物，现在特地献上李斯的狗枷，司马相如的围裙。”

（出《因话录》）